「……大丈夫かな、お兄さん」

グリフォン
超難易度魔獣

「嘘、だろ？――」
フェンリル
超難易度魔獣

ミスト
冒険者ギルド長
ラルマ
ラウストの師匠

「これが、迷宮都市の城壁……？」

「私は頼りになる女ですから！」
ラウスト
治癒師

パーティーから追放された
その治癒師、実は最強につき 3

影茸
Kagekinoko
画 カカオ・ランタン
Kakao Rantan

パーティーから追放されたその治癒師、実は最強につき 3

パーティーから追放された
その治癒師 実は最強につき 3

2章 迷宮都市

第33話　交渉

支部長の威圧にのまれ、僕は知らず知らずのうちに後ずさる。

だが、そんな僕と対照的に師匠は冷静そのものだった。

冷ややかな眼差しで支部長を睨《にら》みつけ、口を開く。

「いまさら、師匠面をするつもりか？」

「っ！」

師匠のことを弟子だと告げた支部長の言葉が本当であることを理解して、僕は動揺《どうよう》を隠すことができない。

「弟子にそう言われるのも中々悲しいことだな」

が、支部長が師匠の師であったことを理解したからこそ、僕の胸にある疑問が浮かぶ。

なぜ、師匠はここまで支部長を敵視するようになったのか？

いまだ発動寸前の魔術を構えたまま部長を睨《にら》みつける師匠の姿を見ながら、僕は考える。

仮にも師弟ならば、出会ってすぐに魔術を発動しようとするなど普通ではない。

相手を敵と認識したからこそ魔術を発動しようとしたと考えれば、支部長への師匠の恨みは深いのかもしれない。

師匠が戦闘を決断しているのは疑いようもない……。

「……ん？」

だが僕は、ある不審な点に気づいた。

一見短気に感じられるが、その実師匠はかなり慎重だ。

少なくとも、戦闘において師匠が魔術を発動するのは、交渉が決裂したときだ。

だから僕は今回も、魔術を発動した時点で師匠は交渉を諦《あきら》め、強引に話を聞き出す方向に切り替えたのだと思っていた。

なのに、その予想と反して師匠はまだ構築した魔術を発動していなかった。

これまでの師匠であれば、魔術を発動と共に攻撃を仕掛けている。

が、なぜか今回に限って師匠はいまだ支部長に攻撃を仕掛けていない。

それは、これまでの師匠からは考えられない行動である。

僕は訳がわからなくなり、師匠へと目を向ける。

師匠が僕に何かを告げようと、小さく口を開いたのはそのときだった。

「……あのハンザムが言っていたことは、ある意味正しい」

師匠は、緊張した面持ちで支部長達を睨《にら》みつけながら、支部長には届かぬ声量で言葉を重ねる。

「神の寵愛を受けなかった種族などという、何も知らない人間の偏見にまみれた言葉を鵜呑《うの》みにするなよ、ラウスト。スキルがなくても問題ないくらいには、エルフは人間よりもはるかに魔力の扱《あつか》いに長けている」

淡々《たんたん》とした口調で語られるエルフについての知識。それはかなりの書物を読んだ僕でさえ知らないことだった。

そして、師匠のその言葉に、僕は本で読んだ知識などまるで役に立たないことを理解する。

少なくとも、僕が考えていたよりも何十倍も目の前のエルフは強く見える。

警戒心を強める僕にたいし、師匠は念押しするように告げた。

「敵意を露《あら》わにしすぎるな。相手は異常な魔力を持つエルフの中でも、六百年は生きている存在だ。私の今構えているこの魔術も、いざとなったら逃げだせるようにとしているものだと考えておけ」

「……っ！」

なぜ、魔術を発動寸前にまでして師匠が攻撃しないのか。その理由に僕は愕然とする。

師匠は支部長と戦うことを決意したからこそ、魔術を構築したのではなかった。

魔術を発動寸前にした今の状況でなければ、まともにやりあうことさえできないと判断しての行動なのだ。

さきほど師匠が言っていた、勝率三割という言葉が僕の頭をよぎる。

僕には、目の前の支部長が本当に師匠が敵わない存在なのかなんて判断できない。

ただ、師匠の言葉から、支部長が化け物だと理解する。

僕はあわてて敵意を抑える。

その僕の反応を確認した師匠は、支部長に向かって口を開いた。

「支部長ミスト、私は無駄話をしにここに来たのではない」

ハンザムが不機嫌そうに師匠を睨《にら》み何かを言いかけたが、支部長改めエルフのミストがそれを遮《さえぎ》り口を開いた。

「では何をしに来た。二人で来て、私を殺すつもりだったとでも言う気なのか？」

「最初はそのつもりだったさ。迷宮を暴走させたかもしれない危険人物を野放しにはできないだろう？　そのためにロナウドにも同行してもらっている」

師匠の言葉は一見、交渉を捨てたようにさえ感じるほどに高圧的だ。

が、その拳が固く握りしめられているのを目にした僕は、師匠が考えもなくそんな言葉を重ねているのではないと気づく。

一見交渉を捨てたような態度を装いながらも、師匠は必死に何かを探ろうとしているのだ。

「……やはりロナウドも来ていたか」

師匠の言葉に、ミストが僅かに目を細める。

ミストの反応に手応えを感じたのか、師匠の拳はさらなる強い力が込められた。

しかし師匠は、いつも通りを装いながら口を開く。

「戦力はそれだけではないぞ？　他にも未熟だが魔剣士、優秀なスキルを持つ武闘家もいる。それに、横にいる私の弟子は、居城にいるエルフですら対応できるだけの技術を持っている」

今まで淡々《たんたん》とした様子で言葉を重ねてきた師匠の顔が、敵意に染まる。

「勝てるとは言わない。――だが、この場所を知った今、これだけの戦力があれば、お前達を道連れにすることはできると思わないか？」

師匠の敵意にハンザムの顔が強張《こわば》り、ミストの顔から笑みが消え、部屋の中の空気が張り詰める。

「とはいえ、今争いあってもお互い損にしかならないだろう」

それを確認すると、すぐに師匠は敵意を霧散させた。

だが、依然として部屋の中の空気は張り詰めたままだ。

僕が師匠の狙いが今の状況であることに気づいたのは、その空気を感じたときだった。

師匠は今まで、戦闘も辞さないという高圧的な態度で話してきた。

それは一歩間違えれば最悪の事態、支部長達との戦闘に陥りかねない態度ではあった。だけどそれらは全て、相手に強硬手段を取るぞと思わせるための布石だったのだ。

最悪道連れ覚悟だと相手に思わせた上で、師匠はミストに笑いかける。

「この状況だ。そちらが持っている迷宮都市からの脱出手段さえ提供してくれるのならば、争うこともないと思うのだが、どうだろうか？」

脱出手段を提供しなければ強硬手段に出ると匂わせながら、師匠はミストに提案する。

師匠の鮮やかな手腕に、僕は内心で賛美の声を上げる。

これなら、全て何事もなくうまくいくんじゃないかと、そう思って。

——そんな僕の希望は、ミストの困惑したような声でかき消された。

「どうやら君達は、二つほど勘違いしているようだ」

ミストは、まるで孫の駄々に困る祖父のような、この緊迫した状況下ではどこか異常ささえ感じる態度で、言葉を重ねる。

「そもそも私達は迷宮暴走を引き起こしてなどいない。今回の迷宮暴走はただ、起こるべくして起きただけだ」

そう言うとミストは、少し言いにくそうに口を閉じた後、申し訳なさそうに僕達を見回す。

「——そしてもう一つ。私達にはこの状況をどうにかする手段も、迷宮都市から逃げ出す手段も持ち合わせていない」

「…………え？」

ミストの言葉に、部屋の中の空気が凍りつく。

第34話　処罰の理由

脱出経路が存在しないと告げたミストの言葉に、師匠は一瞬目を見開く。

本当に脱出経路が存在しないのであれば、作戦が根元から崩《くず》れてしまう。

「誰がそんなことを信じる？」

師匠は冷ややかな目で支部長を睨《にら》みつける。

「こんな嘘で我々を騙せると思ったのか？　迷宮暴走を引き起こしていないと言いながら、迷宮暴走を前から知っていたとお前達は言った。知っていたのに、脱出経路は用意していないだと？」

師匠から殺気が漏れ、部屋の中をふたたび緊迫感が覆《おお》う。

「私達を馬鹿にするのも大概にしろ」

ミストを睨《にら》む師匠に合わせ、僕も無言で戦意を高める。

今は限界まで戦闘は避《さ》けなければならない状況ではあるが、それを相手に知られれば脅しの意味がなくなる。

だから僕と師匠は、最悪戦闘に陥るぎりぎりのラインを装い、戦意をむき出しにする。

僕達の戦意を前に、ハンザムの顔が強張《こわば》っていく。

自分よりもはるかに修羅場を潜《くぐ》ってきたであろう師匠でさえ緊張しているようだ。

だがその中で、ミストだけが自然体だった。

「そう敵意を向けられても困るよ」

緊迫した空気の中、ミストは困ったような顔で師匠を見る。

「私はただ、支部長という立場柄こういうことが起こりうると気づいただけだ。確信があったわけじゃない」

ミストは困ったままの顔を僕に向け、言葉を続ける。

「予兆に関しては、迷宮都市の冒険者のほうが詳しいと思うのだが？　――どうだい、短期間で変異したヒュドラを討伐した英雄殿？」

「……え？」

突然話を向けられ、僕は戸惑う。

師匠から「何かを知っているのか？」と、問いかけてくるような視線を向けられるが、まるで心当たりはない。

迷宮暴走に関する知識を多少は持っている。

だが、その知識の中に、迷宮暴走の詳細な前兆などない。

そんな僕が、迷宮暴走を察知できるわけがない。

ミストが僕の動揺《どうよう》を誘おうとしているのかと考える。

だけど、僕があることに思い至《いた》ったのは、そう思い込む直前だった。

「短期間で変異したヒュドラ……！」

迷宮暴走のせいで一旦頭の奥にしまわれてしまった記憶が蘇《よみがえ》ってくる。

僕達を襲ってきた超難易度魔獣。

ヒュドラも、ジークさん達と討伐したフェニックスも、本来ならばありえないような速さで変異していた。

あの超難易度魔獣の変異にたいする不安と疑問は、迷宮の出入り禁止や迷宮暴走などが重なったことで、一時的に僕の頭の奥へと押し込められていた。

だけどそれらが、ミストの言葉と合わさり繋がっていく。

「……もしかして、魔獣に起きていた異常が、迷宮暴走の予兆だったと言いたいのか？」

「さあ？」

そう尋ねた僕にたいして、ミストは断言はしなかった。

「ただ、超難易度魔獣の変異の他にも、中級冒険者が迷宮上層で死んだりと、あまりにも不可解な状況が重なりすぎている現状に迷宮暴走が起きてもおかしくはないと思っていた」

ミストの言葉に、マーネル達が殺さないでくれと僕に謝りに来た一件を思い出す。

あのとき聞いた中級冒険者の死が迷宮上層で多発しているという話、それを今の今まで僕は忘れていた。

ただの中級冒険者の失態だと思い込んで。

街を襲ったホブゴブリン達の姿を僕は思い出す。

「あのホブゴブリン達が中級冒険者達を殺していた……？」

それならば、あのホブゴブリン達が持っていた武器の理由もわかる。

想像以上にちりばめられていた異常。

それらが迷宮暴走と繋がっていた可能性に僕は動揺《どうよう》する。

するとミストが、僕に同意を求めるように笑いかけてきた。

「これでわかってくれたか？　私はあくまで、これまでの異常から迷宮暴走が起こりかねないと思っていただけにすぎない」

「……っ！」

支部長の言葉、それは決しておかしいものではなかった。

今までの異常から、迷宮暴走を思い描くのをおかしいとは断言できない。

それでも僕は、支部長の言葉を信用することはできなかった。

この状況でなお、いまだ笑みを崩《くず》さない支部長を睨《にら》みつける。

「だったらなんで、こんな場所にいたんだ！」

僕は、ミストへと声を荒げ問い詰める。

「勘違いしているようだが、ここは脱出経路ではない」

ミストの言葉に僕は驚きを隠せない。

だとすれば、ここは何なんだ？

そんな僕の疑問を見透かしたのか、ミストが諭《さと》すように僕に問いかけてきた。

「この場所は何か起きた際の避難所の一つだよ。こっちに異常がないか、一応見に来ていただけだ」

ミストの言う通り、ここが避難所であるのを示すように、隅のほうに非常食らしきものが置いてあるのが見えた。

明らかに立てこもるために作られた部屋を目にし、僕はここに脱出経路などないと告げた言葉に関しては、真実だろうと判断する。

だけど、僕が信じたのはそれだけだった。

まるで変わらないミストの表情を見て、僕は改めてミストは信用できないと確信する。

ミストの落ち着き具合は、迷宮暴走が起こることを確信していたがゆえのものにしか見えない。

横にいた師匠が僕に、小さく囁《ささや》く。

「……ラウスト、ミストの言葉を信用するな」

師匠もミストのことを信用していないことを理解し、僕は小さく頷《うなず》く。

そして、ふたたびミストを睨《にら》みつける。

「申し訳ありませんが、僕にはあなたを信用することはできない」

「……っ！」

僕の言葉にハンザムが反応し、怒りに満ちた目で睨《にら》んでくる。

だが僕は、そんなことはお構いなしにさらにミストを問責する。

「迷宮暴走が起きたときに、他のギルド職員達を見捨てて姿を消し、迷宮暴走が起こる可能性に気づきながら、なんの行動も起こさなかった人間の言葉なんて信用できるわけがない」

何と言われようと、ミストの言葉は絶対に信用できない。

「あのときの判断は適切なものだと思うが？」

そこまで言われてなお、支部長の僕にたいする態度は変わらなかった。

それどころか、さらに親しみを感じさせる態度で僕へと笑いかけてくる。

「今回私とハンザムが二人で姿を消したのは、あのギルドにいれば無駄に時間が奪われ、迷宮暴走に関して正しい情報が入ってこないと判断したからだ。君だって知っているだろう？　彼らの能力のなさを」

ミストは僕に同意を求めてくるが、返事は返さない。

が、その言葉が事実であることについては否定できない。

この迷宮都市のギルド職員や、一部の冒険者達はレベルが低い。

考えているのはお金や他人を欺《あざむ》くことばかり。

この状況では、自分が助かることしか考えず、偏《かたよ》った情報しかミストに持ってこないだろう。

とはいえ、僕にとってはミストやハンザムもその同類でしかない。

そんな僕の思考に気づかず、ミストはさらに言葉を重ねる。

「一応言っておくのだが、私は迷宮暴走が起こりかねないと知ったときから行動は起こしていた」

「……っ！　つまらない嘘を！」

ミストの言葉に、僕は苛立《いらだ》ちを覚える。

ギルドが何か役に立つ行動をしていた記憶などない。

それどころか、散々な目に遭わされた記憶しかない。

「僕達や街の人達にあれだけ好き勝手なことをしたのが、迷宮暴走のための行動だったと言うつもりですか?」

冷ややかにミストへと告げる。

それは、ただの皮肉だった。

街の人達が助けを求めてきたとき。

また、迷宮への出入りを禁止されたとき。

それが善意からのものではないことぐらい、僕はわかり切っている。

「ああ、そうだ」

「…………は?」

……だから、ミストの返答を僕は理解できなかった。

ミストは、僕から目をそらすことなく言葉を続ける。

「街に素材を流さなかったのも、君への不当な処罰も、全て万が一の際に犠牲者《ぎせいしゃ》を減らすための対策だった」

第35話　最悪の共闘

「そんなことあるわけない！」

迷宮暴走から僕らを助けようとしていた、そう告げた支部長の言葉を僕は咄嗟《とっさ》に否定する。

僕と街の人達にした仕打ちが迷宮暴走の対策？

そんなこと、認められるわけがなかった。

迷宮の出入りを禁じられたと知ったときの怒り。

今も鮮明に思い出せる、その感情を叩きつけるように支部長を睨《にら》み、叫ぶ。

「いまさら取り繕《つくろ》うためにそんなことを言われても、信じられるわけが……」

が、僕の言葉から勢いはすぐに失われることとなった。

強い怒りは、いまだ僕の胸の中で燻っている。

けれど言葉を重ねる中、僕は気づいてしまう。

……言い訳だと思い込むには、辻褄《つじつま》が合いすぎていることを。

今までずっと僕は、ギルドにたいして疑問を抱いていた。

なぜギルドは、街に素材を売らないようにしたり、この迷宮都市で有数の実力を持つ僕達の迷宮の出入りを封じたのか。

その結果、街の人間や能力の高い冒険者が迷宮都市を後にすれば、ギルドには損しかない。

意図がわからないギルドの動きに、薄気味悪さを感じていた。

だが、ギルドの目的が損得からの判断ではなく、僕や街の人達を追い出すことそのものだったとしたら？

「……っ！」


——不満があるなら王都にでもいけ。

迷宮の出入りを禁じられたとき、ギルドでハンザムに告げられた言葉を思い出す。

最初ハンザムに告げられたとき、僕は嘲《あざけ》りの言葉だと思い込んでいたが、もしかしたら勘違いだったら？

あのときのハンザムは、間違いなく僕を迷宮都市から追い出すように振舞っていた。

明言したわけではないが、あのときのハンザムの態度から、それは明らかだろう。

……もしあのとき出ていっていれば、僕の頭にそんな考えが浮かぶ。

そして気づく、あのとき他の街に行くことを決めていれば、ナルセーナが迷宮暴走に巻き込まれることはなかったかもしれない、と。

「僕、は……」

呟《つぶや》いた声は、自分が出したのが信じられないくらい掠《かす》れていた。

街の人に素材を渡したときの笑顔、マーネル達が街の人達と笑いながら交流したことは、僕の中で誇《ほこ》るべき行為のはずだ。

だが、本当にそう言えるのか今の僕はわからなくなった。

色々な思いが僕の中を駆け巡っていく。

支部長達がどんな意図を持って、僕達を追い出そうとしていたのかなんてわからない。

迷宮暴走が起きたのは偶然で、他に何か意図があったかもしれないし、迷宮暴走で何かを企んでおり、僕達が邪魔だっただけかもしれない。

だけど、僕は余計なことをしたのかもしれない。

ミストの言うことが本当であれば、ミスト達は僕達や街の人達を迷宮都市から逃がそうとしていたということになる。

僕が余計なことさえしなければ——街の人達も、そしてナルセーナも迷宮暴走に巻き込まれることなんてなかったのかもしれないのだ。

頭の中が真っ白になる。

そんな僕にミストが声を掛けてくる。

「気に病む必要はない。君のせいじゃないのだから」

支部長は、親しみと優しさに溢《あふ》れた笑みを浮かべ、僕を見ていた。

その笑顔に、僕は知らず知らず安堵《あんど》を覚える。

なのに僕は、無意識のうちに後ずさっていた。

後ずさる僕を一切気にすることなく、ミストは言葉を続ける。

「君は何も悪くない。この迷宮都市に襲いくる脅威《きょうい》をきちんと君に教えておくべきだった」

僕の心を完全に見透かした上で慰《なぐさ》めてくる。

支部長の言葉は、ただ優しかった。

だけど僕は一歩踏み止まる。

この優しさにすがるわけにはいかない。

すがってしまえば最後、ミストの意のままになりかねない。

そんなとき、師匠が魔術を構築した状態のまま僕とミストの間に割って入ってきた。

「私の弟子を取り込もうとするのはやめろ」

忌々《いまいま》しさを隠そうともせず、師匠がミストを睨《にら》みつける。

そんな不機嫌さを隠そうともしない師匠にたいし、ミストは笑みを崩《くず》さない。

「そんなことを言われるのは心外だ。私はただ、自分の非を受け止めた上で、君達に提案をしてあげようとしているだけなのに」

「……提案？」

「ああ。それも君達にとって有益な提案だ」

不可解そうに師匠は顔をゆがめる。

だけどミストは、まるで友人にでも話しかけるかのような気軽さで口を開く。

「——迷宮暴走に、協力して当たろうじゃないか」

「……っ！」

そのミストの提案は受け入れられるわけがないものだった。

にもかかわらず、その提案を当たり前のように口にするミストに、いまさらながらこのエルフに優しさを感じていた自分に恥を感じる。

改めて僕は、ミストが敵でしかないことを思い知らされる。

気づけば不快感と怒りに、自然と武器を握る手に力がこもっていた。

敵意を露《あら》わに僕はミストに向かって告げる。

「遠慮します。罪悪感を覚えるというのであれば、僕達にこれ以上近づかないでくれませんか？」

ミスト達が、僕や街の人達を迷宮都市から逃がそうとしたのかもしれない。

しかし、だからといってミストを信用できるかは別の話だ。

僕は師匠ほど、迷宮都市支部長ミストというエルフのことを知ってはいない。

が、ここで気を許せるほど甘い相手ではないことは、今までのやりとりで理解できた。

なにかの陰謀で迷宮都市から僕や街の人達を追い出そうとしたと言われたほうが信じられる。

ミストなら、迷宮暴走さえ何か裏があるのではと思えてならない。

そのことを僕は、はっきりとミストに告げる。

「貴方のことは一切信用できないし、するつもりもないです」

「貴様……！」

僕の言葉に反応し、ハンザムが僕を睨《にら》んでくる。

肌がひりつくような殺気を感じるが、良くも悪くもミストに忠実なハンザムができるのはそれだけだった。

僕はハンザムを無視し、師匠へと口を開く。

「そうですよね、師匠」

そのときの僕は、師匠が自分と同意見であることを疑っていなかった。

僕以上にミストを警戒している師匠なら、ミストを味方に引き入れる恐ろしさを、理解しているに違いないだろう。

だから、師匠がミストの提案に頷《うなず》くことなどありえない。

そう僕は考えていた。

「……わかった。ミスト、お前の提案を受ける。お前達と協力してやる」

「…………え？」

――その言葉に僕は、師匠を呆然《ぼうぜん》と見つめることになった。

師匠の顔に浮かんでいたのは苦渋の表情だった。

その顔が、提案を受け入れたことが不本意であったことを物語っている。

にもかかわらず、師匠が自分の言葉を撤回することはなかった。

「賢明な判断だ、ラルマ」

「黙れ。あくまで一時協力するだけだ。裏切れば真っ先に殺す」

「怖い怖い」

二人の会話に、僕は理解する。

師匠は本気でミストの手を借りようとしていることを。

「……どういうことなんですか」

僕は師匠を問い詰める。なぜ、ミストを味方にするなどという危険極まりないことをしよう

としているのかと。

ミストを味方にすることは、ともすればミストと敵対するよりもリスキーな行為に僕は思えた。

だけど師匠を見ると、その顔には激しい焦燥《しょうそう》と緊張が浮かんでいた。

「し、師匠……？」

さらには、師匠の顔色が青ざめていることにも気づく。

それはこの部屋に入る前、支部長との勝率が三割だと告げたあのときよりも酷い状態だった。

その様子に僕は言葉を失う。

「すまない。どうやら私の見立てが間違っていたらしい。……おそらく、ミストは本当に脱出手段を持っていない」

ここに来た目的を完全に否定する師匠の言葉は、僕に衝撃をもたらす。

だけど、僕達と協力体制を作ると言ったミストが、あれから一言も脱出経路について語らない様子が、その事実を表しているのかもしれない。

仮に脱出する方法があったとしても、容易ではないのだろう。

もしもそんな方法を知っているのならば、何も言わず逃げ出せばいいだけなのだから。

だからといって、脱出経路の有無がミストの提案を了承したことにどう関係あるのか？

そんな僕の内心を見透かしたのか、師匠は僕に告げる。

「わかっている。ミストを信用するなど微塵《みじん》も考えていない。味方にする危険性も理解している。だが、そんな相手であろうが、協力体制をとらなければ、私達は数日持たずに死ぬ」

そう告げた師匠の声は真剣そのものだった。

……いまさらながら僕は、脱出経路がなくなったことでの迷宮暴走の脅威《きようい》を認識する。

それでも、ミストを味方にすることを僕は受け入れられず、師匠に反論する。

「ですが、ミストを味方にするほうがリスクが高……」

「言い方が悪かったか」

僕の言葉を師匠が遮《さえぎ》る。

「……現状は、そんな相手であれ頼らなければいけないということだ」

「――っ！」

そう告げた師匠の顔には、激しい焦燥《しょうそう》が浮かんでいた。

……僕は迷宮暴走の恐ろしさをようやく認識する。

いまさらながら、顔から血の気が引いていく。

そして僕は、内心自分の悪運を呪う。

ヒュドラやフェニックスに引き続き、なんでこんな厄介なことに巻き込まれるのか……と。

厄介な未来を認識した僕は、忌々《いまいま》しげに顔をしかめる。

「せめて、もうこれ以上何かは起きないでくれ……」

そう懇願するように呟《つぶや》いた僕は知らない。

……もうすでに、さらに状況を悪くする何かが起きていることを。

第36話　その頃のナルセーナ

「……大丈夫かな、お兄さん」

オークの群れを確認するときに登った高台の上で私は呟《つぶや》く。

目の前の草原のさらに奥にある迷宮へと意識を向けながらも、他にやることがなく暇をもてあました私は、さらに独り言を続ける。

「お兄さんは、なんだかんだでラルマさんの無茶振りを断れないもんね。……ううん、今は自分のことに集中しないと」

私の意識はお兄さん達のことへと移りそうになるが、頭を振って切り替える。

ラルマさんやお兄さんのことだ、どんな相手でも危機的状況になるとは考えにくい。今は二人のことよりも自分の役目に集中しないといけない。

私は改めて草原へと集中する。

現在私は高台に登り、迷宮から出てきた魔獣をいち早く発見するため見張りをしている。

本来ならば見張りは下位の冒険者に頼み、迷宮都市有数の戦力である私は休息していつでも戦えるようにするのが自然かもしれない。

だが今の迷宮都市は、そんなことを言ってられる状況ではない。

理由はわからないが、この迷宮都市にはなぜか防壁がない。

迷宮暴走の恐れから他の迷宮都市には、迷宮から守るように防壁が築かれている。それどころか、付近にある街にまで防壁があるというのに。

だけどこの迷宮都市には、今私が高台として利用している白いよくわからない何かで作られた建造物が都市を囲むように四つあるだけ。

そのよくわからない建築物以外には、迷宮都市には大きな建築物は存在しない。

そう、この迷宮都市は防壁を盾にしながら魔獣を殲滅《せんめつ》できないどころか、迷宮都市に魔獣の群れが近寄ってきた時点で危機的状況に追い込まれる欠陥都市なのだ。

「……この迷宮都市こそが、一番防壁が必要なのに」

名も知らぬ都市の設計者に、文句を漏らす。

とにかくこの迷宮都市は、魔獣が近づく前に殲滅《せんめつ》しなければ、即全滅だ。

だからこそ、強力な身体強化系スキルで視覚を強化でき、魔獣をいち早く察知できる人間が見張りに立つ必要があった。

「……さっきのオークの群れみたいなことはないようにしないと」

リッチとオークによって構成された魔獣の群れのことを私は思い出す。

あのときはラルマさんとロナウドさんという二人の超一流冒険者のお陰で助かったが、あれは幸運だったと考えるべきだろう。

少しでもロナウドさん達の対処が遅れていれば、今頃迷宮都市は崩壊《ほうかい》していた。

同じ轍《てつ》を踏むのは、何としても避《さ》けなくてはならない。

「特に、ジークさんやマーネル達以外の冒険者は信用できないし……」

そう呟《つぶや》いた私の顔は、自然と苦々しいものとなっていく。

あの忌々《いまいま》しい戦神の大剣のリーダーが、あっさりとお兄さんに潰された後、一見冒険者達は大人しくしている。

が、何か様子がおかしいことに私は気づいていた。

「こんな状況なんだから、協力すればいいのに」

今回の迷宮暴走はただごとではない。

そう本能的に理解しているからこそ、私は冒険者達の態度に強い不満を覚えていた。

この迷宮都市にいる冒険者は千五百人を超えるが、数字通りの戦力を期待することは今のままではできないだろう。

一人一人の冒険者の実力はかなりのものだが、それはあくまで個人のものでしかない。

集団戦になれば、ここの冒険者達は、上の指示を聞かず暴走しかねない。

「私だって、お兄さんと一緒にいたいのを我慢しているのに……！」

誰も見ていないのをいいことに、私は高台の上で頬《ほお》を膨《ふく》らませる。

私もギルド支部長に会いに行くお兄さんのほうについて行きたかった。

残された私に、お兄さんがいなくなったのを隙《すき》と考えたのか、いやらしい目で見てくるどころか、声をかけようとしてくる冒険者もいた。

今思い出しても不快な気持ちになる。

他にも、なんだかんだとごねる冒険者達が後を絶たなかった。

どの冒険者も、自分が生き残ることしか考えていないのだ。

迷宮暴走下では、その考えこそが死期を早めるというのに。

「はあ……。せめて、魔獣が襲ってきたときにはきちんと戦ってくれたらいいのだけど」

そう呟《つぶや》きながら私は、変わらず草原のほうへと目を向ける。

いつ何時、変化が起きても見逃さないように。

すぐに対応できるようにと。

……だけど、騒動は思いもよらない方向から来た。

「……っ！」

突然、複数人の人間の怒声とも悲鳴とも取れる声が、私の強化された聴覚に届く。

反射的に私は、立ち上がる。

そして草原を見回す。

「魔獣は来てないよね？」

目の前の草原には、魔獣どころか人の姿さえ見当たらない。

悲鳴を耳にし、反射的に魔獣が来たと思ってしまった自分に、小さな溜息《ためいき》をつく。

「はぁ、お兄さんがいないから気が張っていたのかな……」

いまだ支部長と会話していると思われるお兄さんへと思いを馳せながら、そう呟《つぶや》いた私は草原から目を離し背後へと目をやる。

そして私は信じられぬ光景を目にする。

「…………嘘！」

そこには、全力でこちらへと走ってくる集団の姿があった。

一拍の後に、私は何が起きているのかを理解する。

――冒険者達が迷宮都市から逃げ出そうとしているのだと。

その光景を目の当たりにした私は、呆然《ぼうぜん》と呟《つぶや》く。

「何を考えているの⁉」

あの冒険者達は自分達だけ助かろうと、迷宮都市から逃げ出そうとしているのだろう。

……が、逃亡が最悪の手段でしかないと知っている私は、冒険者達の正気を疑う。

冒険者はギルドと契約するとき、迷宮暴走のような有事の際には協力することが義務付けられている。

今回のような災害時に逃げ出せば、罪人として指名手配されるのは確実だ。

それ以上に、迷宮暴走が起きているこの状況で逃げ出すのはただの愚行だ。

隣町まで逃げる途中、迷宮から溢《あふ》れ出した魔獣の群れに襲われたらどうするのだ。

そうなれば、どれだけの被害が出るのか考えるまでもない。

魔獣に襲われながら運良く隣町まで逃げることができる者がいても、それは隣町を迷宮暴走に巻き込むことになる。

……そうなれば死罪は確実だろう。

ありえない光景を目の当たりにし、私は呆然《ぼうぜん》とする。

「くそが！　止まりやがれ！」

そんな私の意識を取り戻させたのは、冒険者達を追いかけているマーネルの怒声だった。

その姿に、今は混乱している暇などないことに気づく。

できるだけ多くの冒険者を止めなければならない。

私は身体強化を発動して高台から飛び降りると、逃げ出そうとしている冒険者達の前に立ちふさがる。

突然目の前に現れた私を、逃げ出そうとしていた冒険者達は忌々《いまいま》しげに睨《にら》みつけてくる。

「……っ！　欠陥治癒師の所の青髪の女武闘家か！」

先頭にいた冒険者のパーティーが、戦神の大剣であることに私は気づいた。

この冒険者の逃亡劇が戦神の大剣の仕業であることに気づいた私は、怒りを露《あら》わに睨《にら》みつける。

「……どれだけお兄さんを困らせれば！」

私は感情のままに戦神の大剣に向かって襲いかかる。

私が最初に標的としたのは、リーダーを守るように立ちふさがってきた戦神の大剣の若い戦士だ。

私は一切の躊躇《ちゅうちょ》なく、若い戦士を殴りつける。

若い戦士の手には走っていても動きやすいようにか、短剣が握られていた。

戦士は短剣を掲げ防御しようとするが、その動きはあまりにも鈍重《どんじゅう》だった。

私はあっさりと、その短剣を弾き飛ばす。

「あっ」

そして、呆然《ぼうぜん》とする戦士の腹部を殴る。

スキルを発動した私の拳は、若い戦士の装備を通過して衝撃を与える。

次の瞬間、力を失ったその戦士の身体はその場に崩《くず》れ落ちた。

次に私は、近くにいた名も知らぬ冒険者へと殴りかかる。

「ぐっ！」

それからは、私の独壇場だった。

冒険者達は逃げようとしているせいか、それとも私の腕が上がったのか、私の動きに反応できる者がは少数だった。

私は五人、十人、二十人と次々冒険者を無力化していく。

……だけど、私がどれだけ冒険者達を無力化しようが、逃げる冒険者の数は減ることはなかった。

「おお、すぎる……！」

ひっきりなしに冒険者達が後から湧《わ》いて来る。

……そんな冒険者達の中に、ギルド職員を抱える姿があることに私は気づいた。

つまり、この冒険者達の大逃亡劇には、ギルド職員も協力しているということだ。

ギルド職員が手を貸したということは、明らかに大事だった。

一体どれだけの人数の冒険者が逃げだそうとしているのか。

そんな思いが、心に強い焦燥《しょうそう》をもたらす。

それでも私は、焦る心を落ち着かせ必死に冒険者達へと拳を振るう。

今はとにかく、冒険者達を気絶させてでも止めるべきだと判断して。

しかし続々と現れる冒険者達をついには止めることはかなわず、いつの間にか冒険者達の集団が私を追い越していった。

マーネル達も冒険者達を止めようとはしてくれていたが、やはり焼石に水だった。

そして多くの冒険者達が迷宮都市を逃げ出していく。

「それでも！」

その状況になってもまだ、私は諦《あきら》めるわけにはいかない。

肩で息をしながらも私は逃げる冒険者の後を追い、冒険者達を殴り蹴り飛ばしていく。

集団で逃げていく冒険者達に追いつくことは、私にとって難しいことではなかった。

「これなら！」

徐々に追いついて来る私を見た冒険者達の顔に恐怖が宿る。

しかし、冒険者達の逃走する先にあるものに気づき、私はショックを受ける。

「あそこは⁉」

――冒険者が逃げている方向は、迷宮の方向だった。

冒険者達の計画が、想像以上に練られていたことを私は理解する。

このまま追いかければ、私は逃げる冒険者達を止めることができるかもしれない。

だが、もし追いかけている途中に魔獣が溢《あふ》れ出せば、逃げている冒険者だけではなく私も巻き込まれることになる。

今ならまだ迷宮都市にすぐ戻れるが、さらに離れた場所で魔獣に囲まれたら……。

走る速度が落ち、私の中に迷いが生まれる。

このまま冒険者を追うべきか、諦《あきら》めるべきか。

自分の背後へと視線をやると、そこには意識を失い倒れた冒険者達の姿があった。

だが、前を走る冒険者と比べればその数は微々たる人数に思える。

一瞬の躊躇《ちゅうちょ》の後、私は冒険者達へと走り出そうとして。

「ナルセーナ、下がれ！」

「――っ！」

……ロナウドさんの声が届いたのは、そのときだった。

それでも私は冒険者達を追おうと思ったが、ロナウドさんの次の言葉で足を止めた。

「その連中よりお前が大事だ！　諦《あきら》めて戻れ！」

冒険者達の背中はどんどんと遠ざかっていく。
……私には、それを見ながら唇を嚙《か》み締めることしかできなかった。

第37話　逃亡の冒険者

「くふ、ふははは！」

見回す限りの草原。

その中で俺は堪《こら》えきれず、喜悦《きえつ》に満ちた笑い声を上げていた。

あの忌々《いまいま》しい欠陥治癒師にかかされた恥は、いまだ俺の中でくすぶっている。

超一流冒険者達を盾に、俺達戦神の大剣が迷宮都市の冒険者の指揮を取ろうとしたことを邪魔したこと。

あげく、俺の股間を蹴り上げ昏倒《こんとう》させたこと。

欠陥治癒師への怒りは鎮静するどころか、時間を置いたことによりさらに強いものとなっている。

が、その怒りよりも今、俺の心を支配するのは、これから地獄を辿《たど》るだろうラウストや、超一流冒険者達への嘲《あざけ》りだった。

背後を見ると、迷宮都市から逃げだしてきた冒険者達の姿がある。

その数は五百人を超えているだろう。

しかも、その中には迷宮都市の中でも上位の実力を持つとされる中級以上の冒険者達が含まれている。

これだけの人数の冒険者が逃げ出せば、迷宮都市の戦力は大きく減っているに違いない。

たしかに欠陥治癒師や青髪の女武闘家、そしてジークや超一流冒険者達の能力は他の冒険者達とは格別だが、あくまで彼らの身体は一つしかない。

できることには限りがあるはずだ。

欠陥治癒師にたいする怒りがあるからこそ、今の迷宮都市の状況に、俺は強い愉悦《ゆえつ》を感じずにはいられない。

そばにいた俺のパーティーメンバーの魔法使い、アレックスが話しかけてくる。

「今はあの欠陥治癒師もあわてているに違いないですね、リーダー！」

「ああ、そうだな」

アレックスの言葉に、俺はさらに笑みを濃くする。

あの欠陥治癒師が顔を青くしてあわてている姿を思い描くだけで、どうしようもなく愉快《ゆかい》な気持ちになる。

その顔を見ることができないのが、惜しくてたまらないほどに。

「こんなにうまくいくとはな。あの足手まとい達を連れてくるのは最初はどうかと思ったが、どうやら正解だったらしい」

俺は、冒険者達の中に混じり、地面に座り込んでいるギルド職員達に目を向ける。

俺は、足でまといにしかならないギルド職員達を連れて逃げ出すことに、最初は抵抗を覚えていた。

仲間を連れて逃げるだけでも負担な状況で、戦えもしない人間を連れて逃げるのはリスクが高すぎる。

だが、その考えが変わるほどの働きをギルド職員達はしてくれた。

今回、これだけの冒険者達をジーク達に気づかれずに逃げるよう説得したこと。

また、圧倒的な身体能力を有するナルセーナ達から逃げるために、迷宮を盾に逃げるアイディアを出したのもギルド職員達だった。

それらを考えれば、ギルド職員達を仲間にしたことは、非常に有効だったと言えるだろう。

「迷宮暴走から逃げたことにも言い訳がききそうだしな」

迷宮暴走が起きているこのタイミングで逃げ出すことがどれだけ悪手であるか、俺も理解している。

そもそも迷宮都市の冒険者は、ギルドから他の都市よりも手厚い恩恵を与えられる代わりに、有事の際力を貸すことを義務付けられている。

特に高位の冒険者になるほど。

迷宮都市のギルドが、特に強い冒険者を求めるのはそれが理由だ。

全ては有事の際、つまり迷宮暴走が起きたときに戦力を確保するため。

現在俺達は、その取り決めを無視して逃げている。

本来であれば、それは決して許される行為ではない。

どこにいこうと俺達は、ギルドの規約違反ということで牢獄行きとなるだけだ。

だが、逃げたのが俺達だけでなく、ギルド職員も一緒ということであれば話は変わる。

ギルド職員達を助けるため逃げた、と言い訳することができるのだ。

「それにギルド職員がいれば、隣街に魔獣を擦り付けることになったとしても、なんとかなりそうだしな」

魔獣を引きつれたまま隣街に入ることになっても、俺達を援護《えんご》することをギルド職員達に約束させている。

俺達が罪になるようなことはありえないのだ。

「全てうまくいっているな」

完璧に進んでいる計画に、俺は興奮を隠せない。

迷宮暴走に巻き込まれることなくやりすごせた安心感に加え、欠陥治癒師の青ざめた顔を想像すると、口元が緩《ゆる》むのを抑えられない。

俺の覚えている限り、迷宮暴走とはときが進むほどに悪化していくものだったはずだ。

そんな状況でありながら、悠長《ゆうちょう》に迷宮都市に引きこもっているつもりなどなかった。

そんなことも知らずに、迷宮都市に引きこもる選択をした欠陥治癒師達を俺は嘲《あざけ》る。

「……あまり調子に乗るなよ、アズール。状況は決して最善ではないぞ」

そんな俺へと苦々しげな顔で口を開いたのは、俺と同じ一流冒険者である風火の精霊リーダーである魔法使いの男、ルイズだった。

気分がいい所に口だしされたことに、一瞬俺は不満を抱く。

とはいえ、ルイズの言葉はもっともだった。

俺はもう一度、背後にいる冒険者達へと目をやる。

そこにいる冒険者達の人数は、迷宮都市の三割以上いると考えれば、これだけ引き連れて逃げられたことは誇《ほこ》るべき事柄だろう。

……本来想定していた冒険者達の人数が、千人近くでなければ。

「わかっているさ、本来の人数の二分の一の冒険者しかいないんだからな」

そう呟《つぶや》いた俺は、パーティーメンバーを横目で見る。

そこには、本来いるはずの戦士と治癒師の姿がない。

ナルセーナに気絶させられ、この場に来ることができなかったのだ。

ナルセーナに気絶させられた冒険者は二人だけではない。

「……少なくとも、五十人以上はいたな」

最後、後ろを見たときに倒れていた冒険者の人数。

それを思い出し、俺の背に寒いものが走る。

逃げることに専念していたとはいえ、冒険者達が抵抗しなかったわけではない。

にもかかわらず、ナルセーナはあの短時間で五十人以上の意識を奪ったのだ。

……それは明らかに異常だった。

しかし、一番やばかったのは、あの眼鏡の超一流冒険者の戦士、ロナウドだった。

脱走にあたって、欠陥治癒師達の異常さを知る俺達は油断しなかった。

超一流冒険者の魔法使いと欠陥治癒師がいなくなった後、ロナウドにジーク、アーミアがギルドで休憩している隙《すき》を狙って逃げ出したのだ。

特にロナウドに関しては注意を払って、俺達から最も離れたタイミングを狙って逃げ出した。

狙い通り脱走に気づいて追いかけてきたジークとアーミアは、十数人の離脱だけで振り切った。

うまくいったと俺が後ろを振り返ったとき、ロナウドの姿が目に入った。

ここまで距離を離せばいくらロナウドでもなにもできまいと、俺が脱走が完璧に成功したと安堵《あんど》したときだった。

ロナウドは、ただ冷静に異様な輝きを放つ大剣を抜き、明らかに当たるわけがないのに、俺達へと大剣を振り下ろしたのだ。

次の瞬間、近くにいた冒険者達が血を吹きながら倒れていた。

超一流冒険者にたいする認識が甘かったと、俺は理解させられた。

あの光景は、いまだ脳裏にはっきりと映っている。

恐怖に背を押されるようにただ前だけを見て走っていたから、その後何が起きたのか俺にはわからない。

けれど、今の状況から推察すれば、多くの冒険者がロナウドを恐れ、足を止めたのだろう。

……ロナウドの休憩中でなければ、俺達の逃走は失敗に終わっていたかもしれない。

その想像に、俺の顔がゆがむ。

すぐに俺は、こうして逃げられたのだから何も問題はないと、忌々《いまいま》しい記憶を頭から振り払う。

だが、ルイズはそうではなかった。

「……なあ、俺達は逃げるべきじゃなかったんじゃないか？」

他の冒険者に聞こえないよう、そう告げたルイズの言葉は震えていた。

「……っ！」

その言葉に強い苛立《いらだ》ちを覚えた俺は、ルイズを睨《にら》みつける。

俺の中にも、自分の決断が間違っていたかもしれない、という思いはたしかにあった。

それでも、それをこうして口にするルイズを俺は許せなかった。

「ふざけるな！　あの欠陥治癒師の下につけと言いたいのか！」

俺がこうして迷宮都市を抜け出すことを決意した一番の理由、それは欠陥治癒師の下につくことがどうしても納得できなかったからだ。

表向きには超一流冒険者達が指揮を執《と》る形となるのだろうが、欠陥治癒師が俺の上に立つということには変わりない。

それは俺にとって、絶対に許せないことだった。

「なあ、ルイズ。お前だって、急にあの欠陥治癒師が成り上がったことをよく思っていないんだろう？　だとしたら、今から戻ろうなんて馬鹿な考えを起こすなよ」

欠陥治癒師を快く思っていないのはルイズも同じだと俺は知っている。

欠陥治癒師が変異したヒュドラを倒したことを見ていたこの魔法使いは、臆病《おくびょう》にも欠陥治癒師と表立って対立しようとはしなかった。

が、欠陥治癒師に良い感情を抱いていないのはバレバレで、それを利用して俺は今回の逃走劇を説得した。

「それに、あのロナウドという超一流冒険者が、俺達を許すと思うか？」

「……そう、だな」

その言葉に、ルイズの顔に悩ましげな表情が浮かぶ。

これだけの戦力と一緒なら、戻っても罰せられることはないと俺は内心考えていたが、それを表には出さず言葉を続ける。

「それにだ、俺達の足なら四時間あれば隣町に着く。そうすれば、命の危険に晒《さら》されることはもうない。このまま逃げたほうが何万倍もいい。そうだろう？」

そして最後に俺は、ルイズの耳元で背後の冒険者達を指さし告げた。

「……いざというときには、五百人の囮《おとり》があるんだしよ」

その言葉に、ルイズの目に怪しい光が宿る。

それを確認して、俺はルイズから離れた。

「そうだ、何があっても大丈夫だ」

自分を安心させるため、俺は改めて確認するように呟《つぶや》く。

「俺達は絶対にな」

……その俺達の中に含まれていないと知りもしない冒険者達に嘲《あざけ》りを浮かべながら。

第38話　魔獣対冒険者

「……あれは、なんだ？」

その声が聞こえてきたのは、冒険者達が座り込んでいる方からだった。

「俺達を追ってきた迷宮都市の連中か？」

まるで緊張感の感じられないその会話に、俺もなんの気もなしにその冒険者達が見ていた方向へと目をやる。

「――っ！」

俺はすぐに何が起こっているのか気づいた。

「全員、早く動ける準備をしろ！」

「こんなときに……！」

一部の中級以上の冒険者達も事態に気づきあわてて立ち上がる。

だが、多くの冒険者はいまだ状況が理解できず俺達を唖然《あぜん》と見ている。

「何やってんだ！　早く立ち上がれ！」

そんな冒険者達へと俺は叫ぶ。

「――迷宮暴走だ！　魔獣達がやってくるんだよ！」

……その俺の言葉に、冒険者達の顔から血の気が引いていく。

「くそ！　早すぎるだろうが！」

はるか後方に見える魔獣達の群れ。

異常な速度でこちらへと向かってくるそれを見つめながら、俺は悪態をつく。

迷宮都市から逃げ出して一体どれだけの時間が経ったのか正確な時間を計っていたわけではないが、まだ二時間程度しか経っていないはずだ。

にもかかわらず、このタイミングで魔獣が現れるなど想像できるわけがなかった。

「まだ時間があるんじゃねえのかよ！」

リッチが戦術級魔法を迷宮都市に放とうとしていたと、あの欠陥治癒師は俺達に言っていた。

戦術級魔法云々に関しては欠陥治癒師が話を盛ったと俺は考えているが、リッチが現れたことまでは嘘だとは思っていなかった。

俺達が迷宮都市から逃げだしたのは、欠陥治癒師からリッチが現れたと聞いたからだ。

少し前に魔獣が現れたら、次の魔獣が現れるまでに時間があると判断したのだ。

そう考えていたからこそ、俺は早すぎる魔獣の出現に動揺《どうよう》を隠せなかった。

他の人間もそれは同じで、急ぎ準備をしている冒険者達の顔には焦燥《しょうそう》が浮かび、作業が明らかに遅い。

その光景に俺は悟る。

今から逃げても、状況を悪化させるだけだと。

「どうして何もかもうまくいかない……！」

苛立《いらだ》ちに俺は歯を食いしばる。

冒険者達は俺にとって囮《おとり》でしかない。

それでも無意味に失うことは避《さ》けたかった。

俺の想定では冒険者達を囮《おとり》として使う場面はもっと先。

こんな所で囮《おとり》を失うわけにはいかない。

それに、冒険者達以上に失うわけにはいかないものが俺にはあった。

「ま、魔獣!?　私達を守ってくれるのよね？」

「こんなことになるのならば迷宮都市にいたほうが……」

突然の事態に、騒ぎ立てるギルド職員達。

その姿は苛立《いらだ》たしいことこの上なかったが、それでも彼らは街に逃げるためには絶対に必要な人間達だった。

ギルド職員達を連れて逃げられるだけの状況を作るために、俺はある決断を下す。

「全員武器をとって構えろ！　まだ戦闘準備が整っていないやつを守りながら戦うぞ！」

その言葉に冒険者達の一部は顔をゆがめる。

が、その冒険者達も最終的には何も言わず武器を構える。

その態度に俺は少し苛立《いらだ》ちを覚えるが、今はそれどころじゃないと、魔獣がやってくる方向へと目をやる。

……魔獣が俺達の下に辿《たど》り着いたのは、それからすぐのことだった。

百を優に超えるようなホブゴブリン達が雄叫びを上げながら、こちらへと向かってくる。

「多すぎるだろうが……！」

俺の顔は強張《こわば》っていく。

だが、こっちは五百人の冒険者がいる。

万が一にも負けることはないだろうと気持ちを落ち着ける。

それでも次の魔獣達が迷宮から溢《あふ》れ出るかわからないこの状況では、時間の消費が致命的となりかねない。

……最悪、冒険者達を諦《あきら》め、自分達でギルド職員達を抱え逃げるか。

そんな考えが俺の頭に浮かぶが、眼前に迫ってきた魔獣達に思考を中断させる。

「シネ！」

無機質な声に殺意を滲《にじ》ませ、ホブゴブリンは無手で俺へと飛びかかってくる。

そのホブゴブリンに、八つ当たりするように俺は大剣を振り下ろす。

「どいつもこいつも俺の邪魔をしやがって！」

大剣はホブゴブリンの身体を縦に両断する。

「ギギ！」

大剣を下ろした瞬間を隙《すき》だと判断したのか、新たなホブゴブリンが俺へと飛びかかってくる。

が、その攻撃も俺の身体に傷つけることはなかった。

俺の身にまとう鎧《よろい》が、無手でしかないホブゴブリンの攻撃をあっさりと阻《はば》む。

「ギィっ⁉」

「効かねえよ！」

俺の鎧《よろい》の硬さに驚くホブゴブリンの腹部を蹴りあげ、俺は吼《ほ》える。

そして動きが止まったホブゴブリンを大剣で切り裂く。

次々とホブゴブリンが俺へと集まってくるが、無手のホブゴブリンは到底俺の相手ではない。

大剣の一振りで複数のホブゴブリンの胴体を切り裂き、攻撃を鎧《よろい》で全て弾く。

徐々にホブゴブリンは俺の目の前から消えていき、俺には戦況を確認する余裕が生まれていた。

ホブゴブリン達を相手にする冒険者達は決して無傷ではない。

確認できるだけでも、ある程度の死人がいる。

それも、中級冒険者以上の中にもだ。

とはいえ、決して戦況は悪くはない。

「五百人いれば、こんなもんか」

状況の確認を終え、俺は笑う。

少なくとも、これならギルド職員達は守れるし、冒険者達の損害も想定内だ。

「っ！」

……だが、そう安堵《あんど》したのも束の間、ホブゴブリン達の後ろから現れたオークの姿に、俺の顔が凍りつく。

中層に存在する魔獣オーク。

本来であれば下層を狩場とする俺にとって意識すべき存在ではない。

だが、あのオーク達からは、何かいつも以上の違和感を覚える。

「ただのオークじゃない？　ふざけるなよ……！」

オークの人数はホブゴブリン達に比べるとはるかに少ない。

数にして五十匹もいないに違いない。

にもかかわらず、俺の本能が警鐘《けいしょう》を鳴らす。

このオークの群れは、ホブゴブリンなど比較にならないほど厄介だと。

俺は本能に従い、同じ一流冒険者である風火の精霊のリーダーのルイズへと叫ぶ。

「ルイズ、真っ先にあれを潰すぞ！」

俺が叫んだとき、すでにルイズは魔法を発動すべく詠唱を始めていた。

そのルイズの様子に、ルイズも俺と同じ判断に至《いた》っていたことに気づく。

そう、あのオークには俺達以外ではどうにもならないと。

その俺達の判断は正解だった。

俺達の前にオーク達と交戦を始めていた冒険者達の集団から悲鳴が上がる。

「何だよ、このオーク……！」

「ノルズ！　目を開けろ！」

さきほどまで有利だったはずの戦況が一瞬で変わっていた。

誰かがその流れを止めなければ、ギルド職員達にも被害が及びかねない。

「くそ！」

状況を少しでも変えるため、俺はオークへと走りだす。

背後で詠唱していたルイズと戦神の大剣のアレックスの魔法が完成したのは、ちょうど俺がオークの下に辿り着いたときだった。

「風の精霊よ！」

「樹の精霊よ！」

複数のオークの身体を風が裂き、さらにその動きを樹木が制限する。さすがに全てのオークを足止めすることはできなかったが、一部のオークを引き留めることには成功した。

だが、動きを制限されたオーク達も冷静な態度を一切崩《くず》すことなく、自身の動きを制限する樹木を剝がし始めた。

「オークの力じゃないだろう！」

その光景にアレックスが悲鳴をあげる。

普通のオークなら数分程度は動きを止められるアレックスの魔法が、まるで通用しない。

それでも、樹木を剝がすその瞬間は、オーク達も隙《すき》だらけだ。

「オラァァァァア！」

俺がその隙《すき》を見逃すわけがない。

樹木を剝がしていたオークの腕を俺は大剣で切り飛ばす。

「ブギィイイ！」

腕を切り落とされたオークは薄汚い悲鳴を上げた。

強い怒りに染まった目でこちらを睨《にら》んでくる。

次の瞬間、オークは樹木の制限を剝がすのを中断し、残った片腕で俺に掴《つか》みかかってきた。

しかし、動きを制限された状態での片腕での攻撃では、俺に当たるわけがない。

自分へと伸ばされたその腕を大剣で切り飛ばし、俺は笑う。

「遅せぇよ！」

「フギィィイイイイ！」

口から泡を吹き出しながら、激昂するオークから感じる殺気は、下層の魔獣に匹敵するもの。

が、両腕を失って動きを制限されたオークなど、俺の敵ではなかった。

「死ね！」

俺は大剣をオークの首へと叩きつけた。

一瞬、骨に当たり大剣の勢いが弱まるが、強化された身体能力で強引に首を叩き斬った。

動かなくなった首のないオークの亡骸に、俺は勝利の笑みを浮かべる。

「ホカノニンゲントチガウ」

「ヤッカイダナ」

……だが、樹木の制限がオークを押さえていられたのは、そこまでだった。

仲間を殺した俺を脅威《きょうい》と判断したのか、樹木の制限を突破したオーク達が一斉に俺へと攻撃を仕掛けてくる。

「……っ！」

その攻撃は俺の想像よりも、ずっと速いものだった。

下層でのオーガにも勝るとも劣りはしないその攻撃に、俺は目をみはる。

それでも、下層でオークの集団を相手にしている俺には、対応は可能だ。

「戦士を舐めるな！」

身体に致命的になりかねない攻撃は大剣で、それ以外は鎧《よろい》で受けながら、俺は複数のオーク達と渡り合う。

とはいえ、渡り合うまでが限界だった。

次々と攻撃してくるオーク達に、俺は防戦一方になってしまう。

そんな俺を嘲《あざけ》るように、オークは醜悪な顔で笑う。

「コノジョウキョウデ、ヨクホエルナ」

まるで、勝利を確信したかのように。

さらにオークの攻撃が苛烈さを増す。

だが俺は、冷静にオークの攻撃に対処していく。

戦士とはたしかに、魔獣にダメージを与えるアタッカーでもある。

が、それだけが戦士の役割ではない。

仲間の魔法使いが魔法を唱えるため。

遊撃手に攻撃が行かぬようにするため。

魔獣の攻撃を一身に引き受け、勝利を得るための時間を稼ぐことこそが、戦士の一番重要な役割なのだ。

故に俺はオークへと笑ってみせる。

「うるせえよ。負けるのはお前らだ！」

余裕を崩《くず》さない俺に、オークの顔がゆがみ、さらに何か言おうとする。

――しかし、その口から言葉が吐き出される前にオークは膝から崩《くず》れ落ちる。

倒れたオークはその一体だけではなかった。

俺へと集中して攻撃していたオーク達が数体、急に前のめりに倒れていく。

「隙《すき》だらけだ」

倒れたオークの背後から現れたのは、パーティーメンバーの武闘家、マースバルだ。

その姿に、俺は口元に笑みを浮かべる。

武闘家は身体強化するような能力を持っていない。

にもかかわらず、冒険者達が武闘家を優遇する理由がこの火力だ。

いくら優秀な戦士でも、このオーク達を一撃で倒すことなどできはしないだろう。

が、武闘家のスキルならば一撃で戦闘不能に持ち込むことができる。

その火力はときとして、大きく戦況を変えるのだ。

そう、今のように。

「ブギィ！」

突然倒れた仲間と、その後ろから現れたマースバル。

次の瞬間、マースバルを脅威《きょうい》だと判断したオーク達は振り返り、マースバルへと攻撃しようとする。

けれど、それは悪手だ。

何せ、この俺に隙《すき》を晒《さら》すことになったのだから。

身体能力を限界まで上げ、俺は叫びながらオークの首元へと大剣を振り下ろす。

「死ねぇぇぇえええ！」

全力で横に振るった俺の大剣の一撃は、一体のオークの首を跳ね飛ばし、二体目のオークの首の半ばまで達する。

だが、人間なら致命傷の攻撃を受けてもなお、二体目のオークが倒れることはなかった。

それどころかそのオークは、怒りのこもった目で俺を睨《にら》み腕を振り上げる。

「チッ！」

攻撃が振り下ろされる前に、俺は大剣を手放し大きく後退する。

一応予備の短剣は持っているが、これではオークに大した傷は与えられないだろう。

俺の頭を迷いが支配する。

背後から、アレックスの詠唱が聞こえたのはそのときだった。

「豪炎よ！　燃え尽くせ！」

豪炎が俺の真上を通り、オーク達にまとわりつく。

その魔法は、かつて合同パーティーで超難易度魔獣の討伐をしたときにも活躍した、アレックスの使える中で最強の魔法だ。

いくら変異し異常な力を持つオークでも、どうしようもないに違いない。

「ブギィィィィイイ！」

「ブギィィ！　ブギィ！」

黒焦げとなったオーク達が力尽きて死んでいく。

他に動くオークが近くにいないか確認する。

殲滅《せんめつ》したと確認した俺は、少し柄が焦げて熱くなった大剣を手に取る。

「これが準魔剣じゃなかったら、買い直さないといけないところだぞ……」

一瞬、アレックスを怒鳴ろうかという思考が頭をよぎるが、今はそれどころではないと気持ちを押しとどめる。

そして、俺は周囲へと目を向ける。

戦況は決して良くはなかった。

足止めできなかったオーク達によって、中級以下の冒険者達に多くの死者が出ている。

それでも、状況は最悪ではなかった。

「……この調子なら、オーク達はなんとかなるな」

逃げ惑う中級以下の冒険者達はろくな抵抗もできず、オーク達に殺されていっている。

その被害は決して少なくない。

が、中級以下の冒険者達がオークの気を引いているお陰で、俺達一流冒険者は安定してオークを撃退することができている。

ギルド職員達は怯えてはいるものの、傷一つない。

「これなら、ギルド職員達も無事に連れて行けるな」

安定してオーク達を撃退している一流冒険者達である風火の精霊などのパーティーを見ながら、俺は安堵《あんど》の息を漏らした。

……しかし、このときの俺は気づくべきだった。

これだけの魔獣が出てきているのであれば、オーク以上の魔獣が現れても決しておかしくはないということを。

いや、出てこないほうがおかしいということを。

——そのこと気づいたとき、それはすでに手遅れだった。

「……っ！　何だ⁉」

今までと比べものにならない地面の振動。

それに反応して魔獣達がやってきた方向、つまり、迷宮がある方向へと俺は目をやる。

その方向からこちらへと走ってきていたのは、俺がよく知る魔獣だった……。

「オ、オーガ……！」

第39話　敗走

オーガの姿を認識した俺は、激しい焦燥《しょうそう》にかられる。

オークでさえあれだけ強化されていた現状、あのオーガが俺達が下層で戦っていたときと同じ強さであるわけがない。

少なく見積っても、下層で最悪とされるリッチとオーガのパーティー以上の脅威《きょうい》はあるだろう。

……そんな相手にたいし、今の戦神の大剣は戦士と治癒師が欠けた状態だ。

「ナルセーナがいなければ……！」

戦神の大剣の戦士と治癒師を気絶させた青髪の女武闘家に、強い憎しみを抱く。

が、そんなことは今なんの意味もなかった。

とにかく、この状況を何とかして切り抜けなくてはならない。

他の冒険者達を囮《おとり》にし逃げるという考えが俺の脳裏をちらつく。

そんなとき、風火の精霊リーダーのルイズの声が響く。

「全員、真っ先にオーガを殺すぞ！　足止めしろ！」

自分と同じく、ルイズもオーガを脅威《きょうい》だと認識しているようだ。

ルイズの方向に目をやると、詠唱を唱え始めたルイズと、詠唱の時間を稼ぐためにオーガへと突撃する前衛の姿があった。

「風火の精霊なら……」

その光景に俺は思わず安堵《あんど》する。

ルイズ率いる風火の精霊は、ルイズの圧倒的な魔法を前提としたパーティーだ。

その構成は、魔法使いのルイズ、戦士三人に、武闘家。

それだけ聞けば前衛が多めのパーティーに聞こえるが、ルイズのパーティーの戦士は時間を稼ぐことに重きをおいている。

いつもと違って今回は盾を身につけていないが、それでも強固な全身鎧《よろい》を身体にまとっている。

戦士達が時間を稼ぐ間に、武闘家の高火力な攻撃とルイズが超高火力の魔法を魔獣に撃ち込む。それが以前俺が見た風火の精霊の戦い方だった。

その戦い方から、ルイズ達はリッチ達のような魔法を使う相手を苦手とするが、今回のオーガのような物理アタッカーしかいない状況には強い。

だからこそ、俺はオーガがあっさりとルイズ達に倒される未来を疑わなかった。

風火の精霊ならば、オーガに負けないと俺は確信する。

……だが、現実が想像通りになることはなかった。

風火の精霊の戦士達は、雄叫びを上げながらオーガへと突撃していく。

「死ねぇぇ！」

「オラァァァァ！」

「オラオラオラァ！」

戦士達は、手に持つ大剣でオーガを滅多打ちにする。

それはあくまでオーガの気を引くためのもので、この攻撃でオーガを倒そうなど戦士のうち一人として考えていないだろう。

一心に詠唱するルイズを守るように立つその姿が何よりの証拠だ。

だが、戦士の一人が異状を訴える。

「……ここまで叩かれて、ほとんど傷がない？」

いくら倒すことが本命でないとはいえ、大剣を叩きつければその威力は中々のものだ。

戦士達が身体強化で扱《あつか》う大剣には、それだけの重さがある。

にもかかわらず、オーガはまるでダメージを受けた様子がなかった。

しかも戦士達の攻撃を防ごうとさえしていない。

ただ煩わしそうに戦士達を見ている。

そしてオーガは、ゆったりと手を振りあげる。

「っ！　逃げろ！」

嫌な予感を覚えた俺は反射的に叫んでいた。

しかし、その警告はあまりにも遅かった。

……もうすでに、オーガの腕は戦士の一人に振り下ろされていたのだから。

「あがァァァァァァ！」

戦士の身体を守る強固な鎧《よろい》が陥没し、耳をつんざく悲鳴が上がる。

残った戦士達は、何が起きたのかわからず呆然《ぼうぜん》と立ちつくしている。

「た、助けて！　助けて！」

が、凹んで動きを阻害するゴミと成り下がった鎧《よろい》でよろよろと歩きながら助けを求めてくる仲間の姿に、残った戦士達はようやく気づいたようだ。

オーガの攻撃にたいして、自分達の鎧《よろい》が役に立たないことを。

「う、嘘だろ……！」

「ど、どうすれば！　どうすればいい！」

残った戦士達はパニック状態に見舞われていた。

あの戦士達は一流冒険者のパーティーメンバーである。

にもかかわらず、彼らはただあわてるだけで逃げようともしない。

それは、常に強固な鎧《よろい》を身につけており、身体を守られていると感じていたからこその弊害だった。

それが役に立たなくなったとき、彼らはまるで自分が丸裸で魔獣の前に立たされたように怯え、役に立たなくなる。

その光景を、俺は一度見たことがあった。

そう、超難易度魔獣を倒しに行ったときに。

「あのオーガの攻撃は、超難易度魔獣並だというのか……！」

かつて俺は、一流冒険者達と臨時のパーティーを結成して、超難易度魔獣討伐に参加したことがあった。

あのときは、風火の精霊の戦士達は盾を持っていたから厳密には違うかもしれない。

それでも、魔獣に頼みの鎧《よろい》を潰され、惨めにあわてるあの姿は、かつてのあのときとよく似ていた。

……それを理解できたからこそ、あまりの絶望的な状況に俺は動揺《どうよう》を隠せなかった。

魔獣討伐の際は、戦神の大剣や風火の精霊の他に二組の一流パーティーが参加しており、すぐにフォローに入ることができた。

けれど今、風火の精霊の戦士達を救えるものはいない。

一番近い俺でさえ、すぐには辿《たど》り着けない。

「ヨワイナ」

「ぎぃあっ！」

短い断末魔と共に鎧《よろい》が陥没した戦士がオーガに殺され、残った戦士達の顔に絶望がよぎる。

武闘家に関しては、恐怖でオーガに近づくことさえできていない。

そんな状況でも、ルイズだけは冷静さを失っていなかった。

仲間を正気に戻すため、ルイズは必死に声を張り上げる。

「狼狽えるな！」

……だがそのルイズの行動は、さらに最悪の状況を招くこととなった。

「気をたしかに持て！　まだ俺達は戦える！　戦わないと」

「オマエガカナメカ」

「死ぬ……え？」

次の瞬間、呆然《ぼうぜん》とする戦士と恐怖で動けない武闘家を無視し、オーガはルイズを標的に変える。

自分が殺した、かつて戦士だった鉄くずを驚異的な力で持ち上げルイズへと投げつける。

ルイズは何とか避《さ》けようとする。だが、後衛のルイズには高速で飛来するそれを避《さ》けることはできなかった。

鈍い音と共にルイズが崩《くず》れ落ちる。

生きているのかは、わからない。

が、ルイズが戦闘不能になったのは明らかだ。

風火の精霊の壊滅を俺は悟る。

「なんなんだよ、あれは！」

ルイズを戦闘不能にし、ふたたび風火の精霊蹂躙を始めるオーガの姿に、気づけば声が震えていた。

こんな光景を想定してなどいない。

そんなとき、俺の頭にかつての欠陥治癒師の言葉が蘇《よみがえ》る。

――リッチが戦術級魔術を発動しようとしていたという。

「くそが！」

欠陥治癒師の言葉をまるで信じていなかった自分に、いまさらながら俺は後悔を抱く。

しかし、俺には長々とそんな時間は与えられなかった。

突然草原に響き渡る鼓膜が破れそうになるほどの高音の咆哮。


「F・i・i――――――i！」


「なっ⁉」

咆哮のしたほうへと振り返った俺の目に入ってきたのは、かつて見たことがあるヒュドラなどの超難易度魔獣にも劣らない威圧感を発する白い巨体と、それに率いられるようにこちらにやってくる魔獣の群れの姿だった。

紫電を纏《まと》う強大な白い狼の魔獣を目にし、俺は震える声でその名を告げる。

「……フェン、リル！　雷速の超難易度魔獣⁉」

――最悪の事態、変異した超難易度魔獣の出現。

「ふざけるよ！　なんで、なんで……！」

あまりの展開に、誰に向けたものでもない恨み言が漏れ出す。

フェンリルは、超難易度魔獣の中でもトップレベルの速度をもつ。

この状況で遭遇するのは、最悪としか言えない。

俺は一瞬、自分の死を覚悟する。

だがそんな弱気を押し殺し、俺はオーガを睨《にら》みつける。

「こんなところで死んでたまるか！」

まだ死ぬと確定したわけではないと、俺は自分を鼓舞する。

……とはいえ、ここから生き残るために取れる手段は、一つしか存在しない。

俺は仲間へと叫んだ。

「お前ら、全力で走れぇえ！」

俺と同様にフェンリルの登場に気づいたことで呆然《ぼうぜん》としている戦神の大剣のパーティーメンバー達。

「ぐっ！」

俺は、呆然《ぼうぜん》としている魔法使いのアレックスを抱えると、隣街を目指して走り出す。

ギルド職員がどうとか、もはや言っていられる段階ではない。

今ならば他の冒険者が囮《おとり》になると判断し、俺は後ろを見ることなく走る。

迷宮暴走を軽視し、迷宮都市から逃げ出したことをいまさら後悔しながら――。

第40話　壊滅と敗走

「うわぁ！　やめろ来るな！」

顔に絶望を貼り付けた冒険者がオークに殺される。

私みたいなギルド職員などとは比較にならない実力を持つはずの冒険者達がどんどんと魔獣に殺されていく。

……そんな中、私はただ震えながら必死に身体を縮こまらせることしかできなかった。

冒険者達の指揮を取っていた一流冒険者のパーティーの一つが壊滅し、もう一つのパーティーが逃げ出してから、戦況は坂道を転がるように悪くなっていった。

残された冒険者達も、逃げ出した一流冒険者のパーティーを追おうと右往左往し、戦線はあっさりと瓦解した。

そして待っていたのは、魔獣による一方的な蹂躙。

そんな状況で、もはやただの足手まといでしかない一ギルド職員の私、ナンシーを救おうとする冒険者などいなかった。

ほとんどの冒険者が私に見向きもせず逃げようとし、そして魔獣に殺されていく。

「……どうすれば、どうすれば、どうすれば」

私は必死に自分が生き残れるのかを考えていた。

今までと同じように冒険者を利用してでも、何とか生き残ろうと。

……が、どれだけ考えてもどうにもならない。

「なんで私がこんな目に！」

死への現実から目を逸《そ》らせなくなったとき、私の胸に浮かんだのは迷宮都市から逃げるのではなかったという後悔だった……。

迷宮暴走が起きたとき、ギルド職員や冒険者は、絶対に逃げ出してはならないと教えられてきた。

迷宮暴走が起きたときは、そのギルドの支部長や、指揮を取ったことのある冒険者を一時的な指揮官とし、その指揮官に絶対服従することが取り決めとされていた。

それを破ったものには、指揮官が罰を与えるとも。

だが、私を含めたギルド職員達はその取り決めを守る気などなかった。

なぜなら、指揮官となるだろう超一流冒険者達が民衆まで守ろうとしていることに気づいたから。

こんな状況でお荷物を抱え、自分達の命を危うくすることが許せなかった。

だから、冒険者達を騙して私達は迷宮都市から逃げ出すことを決めた。

そう、隣街に逃げ込もうと。

迷宮暴走が起きてすぐに隣街に逃げ込むのは、絶対に許されない行為だとわかってはいる。

隣街まで危険に晒《さら》しかねないその行為は、極刑と定められている。

だが私達は、恐怖に駆られた冒険者の暴走のせいにしようと考えていた。

恐怖に駆られた冒険者に私達は攫われたのだという筋書きで罪を逃れようと考えていたのだ。

後から冒険者達が何を言おうが、ギルド職員である私達の言葉が信じられるに違いないのだから。

その計画は途中まで完璧だったはず。

ラウストにたいする劣等感を煽り、さらには超一流冒険者が民衆まで助けようとしていることを教えてあげれば、愚《おろ》かな冒険者達はすぐに乗り気になった。

その上で「全ての責任は迷宮都市支部長にあり、あとで私達が庇う」と言えばあっさりと騙され、私達を抱えて逃げることも了承してくれた。

自分達が罪を着せられる未来に気づかずに。

……そんな私達の誤算は、迷宮暴走にたいする意識の甘さだった。

「なんで……。こんなの別物じゃない！」

迷宮暴走の際、魔獣が変異することについて、私は書類から知識としては知っていた。

知っていたことも、逃げるために動くことを決めた一因なのだから。

……が、その私の認識でもこれは異常だった。


――迷宮暴走が起これば、指揮官に絶対服従。


一見厳しくも感じるその取り決めの理由を、今になって私は理解した。

迷宮暴走は、命惜しさに少数で動いたほうが命の危険が増す、まさに災害だった。

正しい知識がなければ、それだけで死の危険が増す。

だからこその絶対服従なのだ。

何も知らない人間が勝手な行動を起こさないようにするためのもの。

……そう、私達のような人間達を止めるために。

迷宮暴走の恐ろしさを目の当たりにして、私は嫌でも理解させられていた。

これは、個人がどうこうできる何かではない。

迷宮都市の人間全てが協力し、ようやく生き残れるかもしれないというような、正しく天災なのだと。

民衆という足手まといが増えるのを忌避《きひ》して迷宮都市を逃げ出したことが、どれだけの愚策だったのかを。

しかし、もう全てが手遅れだった。

「あ、ああ、あああああああああ！」

目の前で、オークを何とか切り捨てた冒険者が突然、あらぬ方向を見て悲鳴をあげ、その場から逃げ出そうとする。

その冒険者を押しつぶしながら、《それ》が現れたのは次の瞬間だった。

「F:i────i」

場違いな美しさを感じてしまうほど真っ白な毛皮。そして、その毛皮に覆《おお》われた巨躯を走る紫電。

現実離れしたその美しさに思わず感嘆の声をもらす。

「……超難易度魔獣フェンリル」

そのときすでに、私は自分の死を理解していた。

振り切れた恐怖と絶望に、自分を遠く感じる。

フェンリルの背後、魔獣の群れから抜け出し、迷宮都市へと逃げ戻るボロボロな冒険者達の姿が目に入る。

「F i――i」

それが私が見た生涯最後の光景だった……。

◆　◆　◆

「はぁ、はぁ」

一体どれだけ走っていただろうか？

俺は今、アレックスを抱えた状態で隣街へと走っていた。

ずっと走り続けていた疲労で、目の前がゆがんで見える。

そんな状況になっても、魔獣達が追いついてくるかもしれないという恐怖から、俺は足を止めることができない。

……が、自分の身体が限界が近いことに気づいていた。

「っ、り、リーダーもう少し丁寧に走って……」

「……っ！」

抱えたアレックスの言葉に、俺の胸の中に強い苛立《いらだ》ちが生まれる。

アレックスを抱えて逃げることは、俺にとっても大きなハンデだった。

俺のような戦士ではなく、身体強化を持たない魔法使いのアレックスでは、ここまで走って逃げてくることはできなかっただろう。

にもかかわらず、礼どころか文句を言ってくるとは。

人を一人抱え全力で走ってきたことで疲労に侵された頭に、アレックスをここに置いていこうかという思考がよぎる。

が、その行為を実際にすることはできない。

「くそ！」

なぜなら、超難易度魔獣が現れる最悪の事態となった今、俺達は生き残るために魔獣を隣街に擦りつける必要がある。

そのためには隣街を覆《おお》う城壁をアレックスの魔法で破壊させなければならない。

魔獣達が街の中へと入り込めるようにするために。

故に、ここでアレックスを置いていくなんて選択肢は取れない。

内心強い苛立《いらだ》ちを覚えながらも、俺はアレックスの身体を抱え直す。

「ありがとう、ございます」

抱えられているだけにもかかわらず、疲れたような声を出すアレックスに俺はさらに苛立《いらだ》ちを募らせる。

だが、俺を苛立《いらだ》たせるのはアレックスだけではなかった。

「俺がアレックスを抱えているのに、堂々と前を走りやがって……！」

はるか先に、魔道具で身体強化した武闘家のマースバルが見える。

マースバルは俺がアレックスを抱えてやっているにもかかわらず、俺に気を使うことなく前を走っていた。

おそらくマースバルは、アレックスが城壁を魔法で空ければ、そのまま真っ先に入り込むつもりだろう。

「どいつもこいつも！」

疲労のせいか、それとも超難易度魔獣が後ろにいる恐怖か、俺は苛立《いらだ》ちを感じやすくなっていた。

後ろを見ると、俺を追ってきた冒険者達の姿がある。

フェンリルがやって来ても、やつらが真っ先に囮《おとり》となってくれるだろう。

けれど、それで稼げる時間などたかがしれている。

早く、できるだけ早く隣街に着かなければ……。

遠い向こう、俺の目に青い巨大な建築物らしき何かが見えてきたのは、そのときだった。

「……っ！　あれは！」

前を走っているマースバルの速度も心なしか速くなっている。

もう少しで隣街に着く。

「も、もしかしてもう着いたのですか！」

抱えられているため前が見えず、俺に確認してくるアレックス。

だが俺はそれを無視して、笑みを浮かべ走り続ける。

が、前方でマースバルは突然足を止めた。

「……マースバル？」

俺は突然の行動に疑問を抱きながら、マースバルの横を通り抜けようとする。

「なっ⁉」

俺がマースバルが立ち止まった理由に気づいたのは、その瞬間だった。

俺の目に入ってきたのは、隣街の城壁を覆《おお》うように展開された青い燐光《りんこう》を放つ障壁だった。

魔法によって作られた半透明の壁に、俺も呆然《ぼうぜん》と立ち尽くす。

魔法使いでない俺には、大した知識はない。

それでもあの障壁がただならぬ労力で作られたものだと理解することができた。

「一体いつ？　どうしてこんな障壁が……？」

圧倒的な障壁を前に、俺は理解が追いつかない。

そんな俺を正気に戻したのは、隣でアレックスが漏らした言葉だった。

「そんな……。もう魔獣が！」

「……っ！」

アレックスの言葉に反応し後ろを見た俺の目に入ってきたのは、オーク達と戦う冒険者達の姿だった。

どうやら、魔獣達が追いついてきたらしい。

幸いにも、オーガやフェンリルの姿はない。

が、魔獣がここまでやってきたということはもう時間の問題だろう。

そう判断した俺は、アレックスを肩から下ろして叫ぶ。

「アレックス、早く一番強い魔法であの障壁を潰せ！」

「は、はい！」

アレックスは、詠唱を始める。

アレックスの魔法が障壁を突破できることに関して俺は疑っていない。

何せ、アレックスの発動しようとしている魔法は、あの超難易度魔獣に傷をつけたものなのだ。

その魔法を使えばアレックスはしばらく使い物にならないだろうが、魔法は障壁ごと城壁を打ち破ってくれるに違いない。

だが、それだけの魔法には多くの詠唱が必要になることを俺は知っている。

「……早く、早く完成させろよ、アレックス！」

それまでにフェンリルが現れないことを祈り、俺はアレックスをせかす。

そして俺は、アレックスをかばうように後方へと目を向ける……。

第41話　障壁

「オラァァァァア！」

冒険者の囲みを突破しこちらにやってきた一体のオークを、予備の短剣で切り捨てる。

すぐに周囲を見回すが、このオーク以外に囲みを突破した魔獣はいない。

それを確認して、俺は一度嘆息を漏らす。

「はぁ、これで何体目だ？」

アレックスの詠唱が始まって数分がたった。

その間に、アレックスが障壁を破ろうとしていることに気づいた冒険者達も、アレックスを守ろうと動いていた。

時折怒りの目をこちらに向けてくる者もいる。

冒険者達のほとんどが、真っ先に逃げ出した俺達にたいし内心で不満を抱いているのは明らかだ。

それでも冒険者達は、表立って反発してくることはない。

それは、喜ぶべき誤算だろう。

だが、その幸運を喜ぶ余裕さえ今はなかった。

「……くそ！　きりがない」

向こうからどんどんとやってくるホブゴブリンとオークの姿に、俺は苛立《いらだ》ちが隠せない。

冒険者達の協力があってもなお、対応が難しくなるほどに魔獣達の数は増えていた。

幸いまだ後ろにいる冒険者達で対応可能だが、徐々に俺達のほうにも魔獣が押し寄せてきている。

いくら俺が一流冒険者といえども、予備の短剣しかない状態で複数のオークを相手にはしたくはなかった。

決して良いとはいえない状況に、集中して詠唱するアレックスへと俺は呟《つぶや》く。

「……早くしろよ、アレックス！」

超難易度魔獣が迫ってきているかもしれない中、のろのろと詠唱するアレックスにたいし苛《いら》立《だ》ちを感じ始めていることに俺は気づいていた。

だが、それ以上に俺が苛立《いらだ》ちを覚えていたのは、魔獣がやってきてもなお街を覆《おお》う障壁の前に立つマースバルの姿だった。

「……真っ先に逃げることしか考えていないのか」

マースバルの武闘家としての能力が信頼できるものだと知っているからこそ、その実力を発《はっ》揮《き》しようとはしないマースバルに俺は怒りを覚える。

とはいえ、いざというときはマースバルの実力が頼りであることを知る俺は強く言うことはなかった。

全てが終わった後に文句を言えばいい、と自分に言い聞かせて怒りを抑え、周囲の魔獣のほうへと意識を集中させる。

そんなとき、そばにいる冒険者の一人が遠くを見て動きを止めた。

「ま、魔獣の群れが……！」

「……っ！」

冒険者達の声に反応し、俺は後方へと視線をやる。

そこに見えたのは、這々《ほうほう》の体《てい》でこちらに向かってくる数人の冒険者と、それを追いかける魔獣の大群だった。

その大群は、今まで俺達が戦っていた魔獣の群れよりも多い。

「……囮《おとり》にした冒険者達が全滅した、のか？」

その光景に、俺の顔から血の気が引く。

もはや、いつオーガやフェンリルがやってきてもおかしくはない。

いや、魔獣の陰で見えないだけで、もうそばにやってきているかもしれない。

俺だけではなく、近くの冒険者達の顔色も青ざめている。

「炎の精霊に乞い願う！」

「アレックス！」

アレックスの詠唱が締めに入ったのは、そのときだった。

今日だけで大きな魔法を使った代償か、疲労で顔をゆがめながらもアレックスは叫ぶ。

「豪炎よ！　燃え尽くせ！」

アレックスから唸りを上げて放たれた豪炎が、障壁に守られた城壁へと襲い掛かる。

豪炎は、障壁とぶつかり四方へと広がる。

「これは……」

あまりの威力に、俺は思わず目を奪われる。

魔法が一体どれだけ強力な手段なのか、俺はいまさらながら思い知らされる。

「なっ⁉」

故に、豪炎が消え去り目の前に広がった光景に俺は言葉を失う。

……炎が消え去った後、俺の目に入ってきたのは、変わらず青い光を放つ障壁だったのだから。

「嘘、だろ……」

その光景に、呆然《ぼうぜん》とした声を漏らしたアレックスが、そのまま気を失う。

その姿からは、手加減したとはまるで考えられなかった。

にもかかわらず、障壁には一切傷ついたような様子はなかった。

「ふざけるな！　どうなっているんだ、アズール！」

今まで何もしていなかったマースバルが、まるで変わらない障壁を見ながら叫ぶのが聞こえる。

けれど、俺は何も言うことができない。

ただ呆然《ぼうぜん》と、傷一つない障壁を見つめることしかできなかった。


「くそが！」

そんな俺を無視し、マースバルは城壁へと駆け寄り、拳を城壁にぶつけ始める。

いくら武闘家でも、この障壁を前に、何をしようが無駄だと理解できないわけでもないだろうに。

アレックスの魔法をもってして、ビクともしない障壁。

こんなもの、一体どうすれば……。

「F・i――――i！」

――はるか遠くから聞こえた咆哮が、俺を現実へと強引に引き戻す。

まるで壊れかけの人形のように、俺はその咆哮のしたほうへと目を向ける。

そこには、雷をまとう絶望、フェンリルの姿があった。

「くそがぁぁぁあ！」

マースバルもフェンリルに気づいたのか、隣街に逃げ込もうとするのは無理だと諦《あきら》め、叫びながら逃げ出そうとする。

……だがそれは、フェンリルを刺激する行為だった。

「Ｆｉ――ｉ」

「あ」

固まっていた俺達の中、唯一逃げ出そうとしたマースバルに、フェンリルが目をやる。

そして、フェンリルの注意を引いてしまったことに気づいたマースバルが、顔に絶望とも驚《きょう》愕《がく》とも見える表情を浮かべ固まる。

それが俺が見たマースバルの最後の表情だった。

「Ｆｉ――――ｉ！」

次の瞬間、マースバルへと雷を身にまとい突っ込んだフェンリルの速度は雷速と呼ぶのに相応しいものだった。

「くっ！」

まるで地震が起きたかのような強い衝撃と土埃が舞い、俺は思わず顔を手で覆《おお》う。

だが、すぐに俺は顔を上げて目の前を確認するが、土埃の中にマースバルの姿を確認することはできない。

……マースバルが死んだことは明らかだろう。

気に入らないことがあったとはいえ、強力な能力を持つ仲間が殺されたことに俺の足は震えていた。

しかし、その恐怖が俺に生きる活力を与える。

「くそくそ！　こんなところで死ねるか……！」

そう叫びながら、俺はフェンリルが突っ込んで行った土埃へと目をやる。

恐怖に侵されながらも、俺は冷静に希望を見出していた。

マースバルは障壁のそばにいたこと。

フェンリルが突っ込んで行った直後に衝撃を感じたこと。

その二つの点から、俺はフェンリルが障壁にぶつかったことを確信していた。

だとすれば、確実に障壁は崩《くず》れている。

あわよくば、城壁も破壊されているだろう。

隣街に逃げ込む、それが俺の生き残れる唯一の道だった。

だが、隣街に逃げ込むということは、フェンリルの隣を通らなければならない。

しかし、隣街にさえ逃げ込むことができれば、そこにいるのは大量の人間だ。

隣街は滅びるかもしれないが、それを犠牲に俺は逃げ切ることができる。

その考えの下、俺は土埃に集中する。

城壁の崩《くず》れた部分を見つけ次第、逃げられるように。

「…………は？」

だから俺は、土埃が晴れていく中、はっきりとそれを確認することができた。

──フェンリルが突撃する前と変わらず、青い燐光を放つ障壁を──。

「F:i──i!」

障壁が壊せないことに苛立《いらだ》ったのか、フェンリルは突撃を繰り返す。

にもかかわらず、障壁に傷がつくことはなかった。

「……何が、起きている？」

その光景に、俺は呆然《ぼうぜん》と立ち尽くす。

変異する前でも、超難易度魔獣がどれだけの存在か俺は知っている。

その攻撃を止める障壁を作ろうとすれば、魔法使いが百人単位で必要だろう。

そして、目の前にいる変異したフェンリルは、その俺の記憶にある超難易度魔獣よりはるかに強力なのだ。

超難易度魔獣にたいして果敢に攻撃していたあのマースバルが、まるで反応できず殺されたことがその何よりの証拠。

……そのフェンリルの攻撃を、あの障壁はあっさりと弾いている。

その障壁へと呆然《ぼうぜん》とした足取りで俺は近づいていく。

「何でこんなものが？　こんなものが一日二日でできるはずないのに……」

俺は、近づくほどにその障壁の巨大さを知る。

街一つを覆《おお》う城壁全てを守る障壁、それだけでこの障壁の規模がどれほどのものかわかるだろう。

これだけ強固な障壁を作るのには、どれだけのものが必要になることか。

少なくとも俺が一ヶ月ほど前にこの街に来たとき、こんな障壁はなかった。

青い燐光を放つ異常なほど強固な障壁を見上げながら、俺は頭に浮かんだ思いを口にする。

「……どうすれば、こんな迷宮暴走が起こるのを知っていたようなタイミングで、こんな強固な障壁を作れる？」

そう、これはまるで。
――迷宮暴走が起こるのを知っていたようではないか。

その想像に、俺の背に冷たいものが走る。
自分の頭上から、重たい羽ばたくような音が聞こえたのは、そのときだった。
俺は思わず頭上を見上げ、そして顔が引きつる。

「嘘、だろ？　――グリフォンだと」

上空にいたのは、鷲のような上半身に獅子のような身体を持つ超難易度魔獣だった。
その威圧感はフェンリルと同等で、俺はグリフォンも変異していることを悟る。
次の瞬間、グリフォンは俺目がけて急降下を開始した。
「あ」
迷宮都市に残っているべきだった、死を目前にして俺はようやく理解した。
迷宮暴走は俺一人がどうこうしたところで、なんの意味もない。

隣街に障壁がなかったところで、隣街ごと俺も死ぬだけだっただろう。
逃げ出そうなど、考えるべきではなかった。
そんな思考を最後に、俺の視界は黒に染まった……。

第42話 責任のありか

支部長ミストとの共闘が決まると、僕と師匠は部屋から外へと出た。

周囲には、ミストとハンザムの姿、そのどちらもない。

「……師匠、好き勝手にさせていいんですか？」

……あの二人は、部屋を出ると、迷宮暴走を乗り切るためやらなければならないことがあると告げ、姿を消したのだ。

師匠は少し文句を言っただけで、そのことを止めようともしなかった。

「あの油断ならない二人を野放しにするなんて……」

ミスト、あのエルフは僕の想像以上に油断ならない人間だと思う。

幸いにも戦闘にはならず実力がどんなものなのかは知る機会はなかったが、実力を抜きにしても脅威《きょうい》なのは間違いないだろう。

そんな不確定分子の行動を許した師匠の意図がわからず、僕は不満を隠せない。

だが、そんな僕にたいし、師匠の顔には一切不安は存在しなかった。

「そこまで過敏に気にする必要はない。あのハンザムという男は知らんが、この状況でミストが私達に害のある行動などしないはずだ。今の状況であれば、まだ自由に動かしておいたほうがいい」

「……え?」

まだ納得いかない僕の様子に、師匠は淡々《たんたん》と説明を続ける。

「それに言っただろう。ミストは六百年生きていると。私達なんぞ比較にならないほど知識を蓄えている。それを活かさない手はない」

その言葉は、僕も納得できるものだった。

あのミストは、師匠を鍛《きた》えたと言われても納得できる何かを備えていた。

それはたしかに、ミストの自由を奪って監視するようなことをすれば、発揮《はっき》できない類の何かだろう。

ミストが僕達のためにその智謀を発揮《はっき》してくれれば、状況は大いに変化するに違いない。

……そう、僕達のために使ってくれるという確証があれば。

「そう、ですか」

「ああ。とはいえ、ミストへの警戒を緩《ゆる》めはするな。油断すれば、気付かぬうちに取り込まれるぞ」

「……はい」

警告する師匠は、隠す気のない嫌悪を露《あら》わにしていた。

その表情を見ながら、僕は気づいていた。

ミストにたいし師匠は、嫌悪すると同時に信頼も抱いていることを。

ミストが自分達のために智謀を使うと信じて疑わないことや、この状況で僕達に害を与えることはないと断言したこと。

それは、師匠とミストの間に、ある程度の信頼関係があったことを示すものだった。

ミストが師匠の師であったと納得できるほどの。

……一見相反している師匠の態度に、僕は疑問を覚える。

「いいか。迷宮都市にいる間は、絶対にミストにたいして気を抜くな」

僕に何度もミストの危険性を念押ししてくる師匠。

その言葉に頷《うなず》きながら、僕は師匠が見せたミストにたいする信頼が無意識なものであることを確信する。

ミストにたいする師匠の嫌悪感も決して演技には見えなかった。

その矛盾について指摘したとしても、師匠を余計に混乱させてしまうだけなのかもしれない。

故に僕は、生まれた疑問を胸の奥へと押し込む。

もう少し落ち着いたとき、師匠にミストと一体何があったのか聞ければいいなと思いながら。

◆　◆　◆

ギルドの前の広場へと戻ってきた僕の目の前には、たくさんの街の人とマーネル達冒険者、そして縄で縛られた冒険者達の姿があった。

どういうことかわからず立ち尽くす僕の下に、ナルセーナがあわてて駆け寄ってくる。

「お兄さん！」

……そしてナルセーナから伝えられたのは、まるで想像もしていなかった報告だった。

「なっ⁉　戦神の大剣が冒険者を引き連れて逃げ出した？」

僕の驚愕《きょうがく》の声は周囲にいる人間達にも伝わり、マーネル達残った街の冒険者は顔をゆがめる。

そしてナルセーナが泣きだしそうなほどに顔をゆがめ、僕に頭を下げた。

「ごめんなさい、お兄さん。こんなに人手を失うことになってしまって……。私がもっと気を張っていれば……」

「ナルセーナ、頭を上げて。これはナルセーナの責任なんかじゃない。……むしろ、これだけの冒険者を止めたことを誇《ほこ》るべきだ」

首を横に振りながらナルセーナにこたえた僕が目を横にそらすと、そこには異常な数の縄で囚われた冒険者達の姿がある。

その数は数百人以上。

彼らは、逃げ出そうとしたところをナルセーナ達に捕えられた冒険者達らしい。

そんな数の冒険者を止めたナルセーナ達のことを責められる人間など誰一人といないだろう。

「でも……」

それでもなお顔から罪悪感が消えないナルセーナに、僕は後悔を顔に滲《にじ》ませながら告げた。

「それよりも、責められるべきは僕のほうだ。……戦神の大剣がこういった手段をとることを僕なら想像できたはずだったのに」

戦神の大剣が自分本位で手段を選ばないことや僕を忌《い》み嫌っていること。

また僕の実力を見誤《あやま》り戦いを挑んでくるほど考えが浅いことを知っていた。

にもかかわらず、僕は警戒を怠った。

これだけ戦力の揃った迷宮都市から逃げ出すわけがない、と僕は油断していたのだ。

「そんな！　あの場所にいなかったお兄さんが責任を負う必要なんて！」

ナルセーナは必死に僕のせいではないと言ってくれる。

だが、五百人近い冒険者、それも多くの実力者を逃がしたこの状況に僕は責任を感じずにはいられなかった。

たしかに逃げた冒険者達の中には僕達に匹敵する人間などいない。

……それでも、迷宮暴走という未曾有の事態にはとにかく人数が必要だ。

例えば変異したホブゴブリンが百体いようが、僕達レベルならば死ぬことは万に一つもありえない。

それどころか、傷一つ負わず全滅させることさえ不可能ではないだろう。

しかし、百体全てを倒すまでに多くの時間がかかる。

そして、迷宮暴走が起きている今、僕達がボブゴブリン達にかかりきりになっていれば、他の魔獣によって迷宮都市は蹂躙されることになるだろう。

そうなれば、街の人達もただではすまない。

また、変異したオーガやそれ以上の魔獣が現れれば、僕達だって傷を負いかねない。

そんな今、僕達の他にも人手は必要だ。

なのに、僕はその大切な人手となる冒険者達を逃がしてしまったのだ。

「……くそ！」

自分の犯してしまったことに、僕は唇を噛《か》み締める。

せめて、謝罪をと口を開こうとして……何者かが、僕とナルセーナの肩に手を置いてきた。

「責任感の強いのはいいことだが、責任を負うのは君達ではないよ」

「……ロナウドさん」

「単純な話だ。悪いのは逃げ出そうとした犯罪者。当たり前の話だろう？」

そう言うと、ロナウドさんは縄に囚われた冒険者のほうへと、その細い目を向ける。

「責任を取るのは自分達だとわかっているだろう。だよね、首謀者の戦神の大剣のメンバーである戦士君と治癒師君？」

「……っ！」

ロナウドさんの視線の先には、ナルセーナが気絶させたという戦神の大剣の戦士と治癒師がいた。

ロナウドさんに見つめられる彼らは、緊張で顔を強張《こわば》らせていた。

ロナウドさんは、その冒険者達を特に威圧などしていない。

だけど、その態度こそが逆に、彼等に得体のしれない感覚を植え付けているのだろう。

もしくは、超一流冒険者というロナウドさんの立場に威圧されているのかもしれない。

それでも、一流冒険者である二人はロナウドさんになんとか反論する。

「責任を取る？　何を言い出すかと思えば。たかが冒険者の立場で！」

ロナウドさんにたいし、戦士の男は必死に叫ぶがそれが虚勢でしかないことは明らかだった。

その戦士と対照的に、冷笑を浮かべた治癒師が口を開く。

「超一流冒険者だからといって調子に乗りすぎなのでは？　私達に責任を押し付けるのは、正しい選択だとは思えませんよ」

そして彼は、ロナウドさんではなく、周囲に立つマーネル達や街の人達に向けて告げる。

「よく考えてみてください。一流冒険者としての実力を持つ私達を処罰して本当にいいのですか？　迷宮暴走に対処する鍵になりかねない私達を！」

その言葉に、マーネル達は険しい顔を崩《くず》さなかったが、街の人達やその他の冒険者達の顔に不安がよぎる。

それを見て、治癒師の狙いを理解した僕は、思わず言葉を漏らしていた。

「……卑怯な」

迷宮暴走という未曾有の事態が起きた今、街の人達や冒険者達の胸には不安がある。

それにつけ込んで、治癒師は生き残ろうとしているのだ。

……自分達が状況を悪くしたくせに。

そのことに僕の胸の中で怒りが生まれる。

そもそも、治癒師の言葉は詭弁でしかない。

もし実力があるからといって罪を許されれば、この集団の中から罪を犯す人間が続出する。

そう僕は戦神の大剣の治癒師へと叫ぼうとするが、その前にロナウドさんが口を開く。

「言いたいことは、それだけかい？」

ロナウドさんの表情も雰囲気も、戦神の大剣の戦士と治癒師が叫ぶ前とまるで変わりない。

穏やかともいえる表情のまま、困ったように笑い——そして、背中の魔剣を抜いた。

「悪いけど、その話は考慮する価値もないかな」

「…………え？」

次の瞬間、今まで必死に余裕を取り繕《つくろ》っていた戦神の大剣の治癒師と戦士の顔は青ざめていた——。

第43話 魔獣の囮

動揺《どうよう》を露《あら》わにする戦神の大剣の戦士と治癒師におかまいなく、ロナウドさんは言葉を続ける。

「そういえば言い忘れていたけど、現在僕は臨時とはいえ支部長に匹敵する権限を持っているから」

「……っ！」

その言葉に、失態に気づいた戦神の大剣の治癒師の顔はますます青くなっていく。

治癒師の目論見としては支部長がいない今、周囲の人間を説得できれば、自分が助かると考えていたのだろう。

だが、その目論見はロナウドさんが指揮官であるという前提に脆くも崩《くず》れ去った。

実際には、支部長ミストが現れれば、変わるかもしれない臨時の指揮官ではある。

とはいえ、今ここにミストはいない。

「……わ、私は」

このままではいけないと判断した治癒師が、何か言い訳のようなものを口にしようとするが、その言葉は途中でとだえた。

何といえばいいのか、思いつけなかったらしい。

何も言えなくなった治癒師と戦士の二人を、その糸目でとらえながらロナウドさんは言葉を続ける。

「迷宮暴走の際、指揮官となった人間の判断に従う。その冒険者をとして必須の取り決めを破り、迷宮都市に損害を与えた。その自覚はあるかい？」

「っ！　それは支部長が逃げ出したことがそもそもの……」

言い訳しようとした戦士にたいし、淡々《たんたん》とロナウドさんが尋ねる。

「支部長が逃げ出したから、自分達もこの場にいる人間全てを見捨てたと？」

「……なっ⁉」

その瞬間、戦神の大剣にたいする周囲の視線が一段と冷たくなった。

今まで戦神の大剣がいたほうが戦力になるのではないか、そう考えていたはずの人間さえ戦士と治癒師を睨《にら》みつけている。

ようやく自分が何を話しても、自分達の敵を作るだけだと理解したのか、二人は忌々《いまいま》しげに顔をゆがめながらも黙る。

「じゃあ、覚悟は決まったね」

押し黙った二人を、もう話をする必要もないと判断したのか、ロナウドさんは変わらない表情でそう告げると、魔剣を振り上げた。

戦士と治癒師の顔に、明確な恐怖が浮かぶ。

今になってようやく二人も理解したのだろう。

ロナウドさんが魔剣を抜いたのは、脅しでもなんでもなく本当に自分達を殺すためだったと。

「ま、待ってくれ！　殺されるほどのことなんて……」

その瞬間、初めてロナウドさんが今までとは違う冷酷な笑みを浮かべる。

「隣街に逃げようと企んでおきながら何をいまさら。迷宮暴走が起きたときに隣街に逃げ込もうとするのは禁忌《きんき》だと決められている。恨むんなら、愚《おろ》かな決断を下した自分にしてくれ」

どう振舞おうが、自分達の死は免れない。

「……そん、な」

言外にロナウドさんがそう言っていることを理解した戦士と治癒師の顔は青を超え、白くなっていた。

それでも、自分を待っている運命を受け入れられなかった戦士が、必死に叫ぶ。

「ほ、本当に殺すつもりなのか！　俺達は一流冒険者だぞ！　迷宮暴走の戦力が大幅に下がるんだぞ！」

もはや、誰の心にも響かない言葉を叫ぶ戦士にたいし、ロナウドさんはただ静かに吐き捨てた。

「その程度の実力で何を？」

穏やかな表情のロナウドさんの身体から、超難易度魔獣さえ超える威圧が放たれる。

それはたった一瞬のこと。

だがそれだけで、ロナウドさんとの実力の差を戦神の大剣の二人は知った。

「来世では、よく考えて行動するといいよ」

絶望に顔をゆがめた戦士と治癒師に、ロナウドさんの魔剣が振り下ろされる。

同時に、魔剣から豪炎が吹き出し、一瞬のうちに戦士と治癒師の身体を灰に変えた。

あまりの光景に、ギルドに沈黙が広がる。

冒険者達、一般人である街の人達誰もが、ロナウドさんの実力とその手に握られた魔剣の強さに圧倒されていた。

まるでときが止まったような沈黙は、ロナウドさんが、縄で囚われた冒険者達のほうへと向き直ったことで解ける。

緊張を隠せない冒険者達に、ロナウドさんはさきほどのことが嘘のような穏やかな表情で問いかける。

「自分達も、この二人と同罪だという自覚はあるかい？」

その質問に、冒険者の顔に絶望の表情が広がる。

戦神の大剣の二人をあっさりと処刑したロナウドさんにたいし、囚われた冒険者達が抱いたのは、紛れもなく恐怖だろう。

ロナウドさんがあの二人をためらいもなく処刑したことから、自分達もそうなってもおかしくはないことを理解したのだ。

冒険者の表情をじっくりと確認した後、ロナウドは言葉を続ける。

「そう、私には君達を殺す権限がある。だが、首謀者の二人は想像以上に弁が立っていたみたいだし、君達も被害者に当たるのかもしれない。——だから、君達には一度だけチャンスをやろう」

その言葉に、絶望に震えていた冒険者の表情が変わる。

そんな冒険者達へと、ロナウドさんは挑発的な笑みを浮かべ淡々《たんたん》と告げる。

「この迷宮暴走で自分達の罪を贖え」

そのロナウドさんの言葉は決して大きなものではなかった。

しかし、広場中に響き渡る。

いつの間にか皆口をつぐみ、ロナウドさんの話に耳を傾けていた。

「この迷宮暴走での功績で、自分の罪をこの迷宮都市の人々の評価を逆転させて、成り上がっ

てみせろ」

どこか楽しげにも見える態度で、ロナウドさんはそう言葉を重ねる。

それは、縄に囚われた冒険者達だけに告げた言葉ではなかった。

広場の中、ロナウドさんの話に冒険者達は聞き入る。

「君達に一つだけ教えてあげよう。――僕達は、迷宮暴走の功績で超一流冒険者の称号を手にした」

ロナウドさんのその言葉に、冒険者達は互いを見合う。

ただならぬ熱が冒険者達の目に宿っていた。

自分の未来にたいする希望。

この迷宮暴走から始まるかもしれない自分の英雄譚を想像しているのだろう。

それを確認し、ロナウドさんは満足気に頷《うなず》く。

次に、ロナウドさんは街の人達へと顔を向け頭を下げる。

「一部の冒険者の暴走を謝罪いたします」

この迷宮都市にまで名が轟いている超一流冒険者が謝罪するなど考えてもいなかった街の人達の間に動揺《どうよう》が走る。

そんな反応を気にすることなくロナウドさんは顔を上げ、笑顔で言葉を続ける。

「ですが、もう心配はなさらないでください。僕達超一流冒険者がいる限り、迷宮都市に危険がないことをお約束致します」

僕は師匠から迷宮暴走の危険さについて聞かされており、師匠達でも危険であると知っている。

だけど、それでもその言葉を信じてしまいそうなほどに、ロナウドさんは堂々とした態度で笑う。

そのロナウドさんの態度に、少なからず不安を覚えていたであろう街の人達の間に、徐々に安堵《あんど》の表情が広がっていく。

ロナウドさんはもう一度街の人達に礼をした後、冒険者達に指示を出し始める。

そんなロナウドさんを見た街の人達は興奮気味に言葉をかわす。

「超一流冒険者様が来てくださって本当に良かったな！」

「ええ！　これなら、迷宮暴走も何とか……」

その顔には、さきほどまでは考えられなかった喜色が浮かんでいた。

けれどその街の人達と対照的に、僕の心は不安にさいなまれる。

ロナウドさんは、騒ぎを起こそうとした冒険者達にチャンスをとりつくろっている。だが実際には、騒ぎを起こした冒険者でさえ、そうして働かさなければならない現状ということだろう。

……明らかな罪を犯した冒険者達でさえ戦力と数えなければならないほど、現状は厳しいのだ。

やはり、冒険者の逃亡は許してはならないことだった、後悔が頭によぎる。

そんな僕の思考を中断させたのは、少し不機嫌そうな態度の師匠の声だった。

「ラウスト、ナルセーナ、ギルドの奥の部屋にこい」

それだけ告げると師匠は、僕達の返事も待たずギルドの中へと入っていってしまう。

気づけばロナウドさんも、ギルドの中へと入ろうとしていた。

それを見た僕は、そばにいたナルセーナへと口を開く。

「今後についての相談てところかな?」

「そうかもしれませんね。ところで、支部長のほうはどうだったのですか?」

「ああ、まだ話してなかったね……」

姿を消したエルフの支部長ミストのことを思い出し、さらに憂鬱な気分になる。

冒険者達の逃亡で場が騒がしかったこともあり、まだあの支部長に関して説明できていなかった。

　一体どう説明すればいいのか……そう悩みながらも、僕はナルセーナと共にギルドの奥へと足を進めていく。

「私は以前言っただろう？　ああいうやり方は好きではないと」

　ギルドの奥、師匠がいると思わしき客室から、不機嫌そうな言葉が聞こえてくる。

　どうしたのかと思い、急ぎ足で客室に入った僕達が目にしたのは、ロナウドさんを半目で問い詰める師匠の姿だった。

　僕達より先に部屋の中にいたジークさん達も、よく状況がわかっていないのか、動揺《どうよう》を顔に浮かべている。

　戸惑う僕達をよそに、師匠はさらにロナウドさんを問い詰める。

「ロナウド。お前、逃亡した冒険者達を利用したな？　——魔獣達の囮《おとり》として」

　想像もしていなかった言葉に僕達は皆、固まっていた——。

第44話 ✦ 話し合い

「囮《おとり》……！」

その言葉がさすのは、それは冒険者達をあえて逃がしたということ。

つまりロナウドさんは、逃げ出した冒険者を魔獣を迷宮都市から遠ざけるために利用したのだ。

それは僕の想像にもないことだった。

普段なら、よく考えずに否定したかもしれない。

だが、驚愕《きょうがく》を抱きながら僕は気づく。

……リッチの率いる魔獣の群れが迷宮都市に現れた後、いまだ魔獣が迷宮都市にやってきていないことに。

「もしかして、魔獣が迷宮都市から離れて行くような気配があったのって……」

隣にいたナルセーナが、驚きの表情を浮かべ小さく呟《つぶや》いていた。

「ナルセーナ……？」

「あ、えっと、えへへへ……」

思わずナルセーナに声をかける。

だがナルセーナは、曖昧な笑みを浮かべるだけだった。

それは何かを誤魔化そうとしているようにしか見えない。

そのナルセーナの様子に疑問を覚えながらも僕は、ロナウドさんが本当に逃げ出した冒険者達を囮《おとり》にしたのは真実だと判断する。

ナルセーナはリッチが来たときも真っ先に気づいていた。

そんなナルセーナが納得したのならば、疑う必要はない。


「……つまり、魔獣を迷宮都市から引き離すために囮《おとり》にした。そういうことですか？」

呆然《ぼうぜん》とする僕の意識をジークさんの言葉が引き戻す。

真剣な表情で、ジークさんはロナウドさんへと詰めよっている。

だがその問いにこたえたのは、ロナウドさんではなく師匠だった。

「それ以外考えられないだろう？　こいつを誤魔化して逃げ出せるわけがない。計算して冒険者を逃がしたと考えたほうがよっぽど納得できる」

いつの間にか、一人だけ足を組んで椅子に腰掛けた師匠は、ロナウドさんを行儀悪くも足で指しながら、そう言い切る。

そんな見るからに不機嫌さをアピールする師匠に、困ったような顔を浮かべながらもロナウドさんはこたえる。

「いや、そんな大層なものではないさ。これは冒険者達の逃亡に気づくのが遅れたゆえの苦肉の策でしかないよ」

「嘘だな」

「僕が意図的に仕組めば、逃がす冒険者の数は百人程度で抑えている」

まるで信じようとしない師匠にたいし、ロナウドさんは淡々《たんたん》と言葉を重ねる。

ただその顔には、少し後悔のような感情が滲《にじ》んでいた。

「僕が冒険者達の逃亡に気づいたときには、逃亡の準備の八割方が終わっていた」

「お前が出し抜かれたのか？」

いまだ疑わしげな目を向ける師匠に、ロナウドさんは紙片らしきものを取り出す。

それを僕達にも見えるよう机の上に広げる。

……広げられた紙片に記されていたのは、冒険者達に逃亡を唆す言葉だった。

「これは……！」

「僕が気づいたときには、この紙片がほとんどの冒険者に渡っていた。もうすでに逃亡は止めようがなかったんだ」

……その言葉に、冒険者達の周到さを理解する。

しかし、一つだけ僕にわからないことがあった。

「どうやってこれを……」

たしかにこの紙片を使えば、ロナウドさん達から隠れながらやりとりすることはできるだろう。

だがそれにしても、あれだけの数の冒険者が逃亡に賛同させられるとは考えられなかった。

その僕の問にこたえたのは、ナルセーナだった。

「……ギルド職員ですか」

「ああ、この紙を配った主犯は彼らだろうね。彼らが冒険者を唆《そそのか》してこの脱走劇を考えたのだろう。……愚《おろ》かにも程がある」

僕はてっきりここにいないギルド職員達は、冒険者達に利用され連れ去られでもしたのかと思っていた。

しかし、あのギルド職員達がそんな生易しい人間なわけがなかった。

かつて、戦神の大剣にはめられたことを思い出す。

あのときも、ギルド職員が関わっていた。

なぜ今回も、ギルド職員達が関わっている可能性に気づけなかったのか。

そう悔やむ僕をよそに、ロナウドさんはめったに見せない苛立《いらだ》たしげな表情で言葉を続ける。

「迷宮都市のギルド職員には、迷宮暴走が起きた際のマニュアルが存在し、そのマニュアル通りに動くことが決められている。……ここのギルド職員達は、そのマニュアル通りに動くふりをして僕の目を盗み、冒険者達にこの紙片を広めた」

実のところ、有事の際冒険者の中から犯罪者が現れるのは、決して珍しいことではない。

故に迷宮暴走時、ギルド職員達に何より求められるのが、冒険者のコントロールだ。

ギルド職員達は、接する機会が多いのを利用して冒険者達を説得したのだろう。

一見、まともに働いているように装いながら。

「この手際から考えると、迷宮暴走が起きたとわかったそのときに、ギルド職員達は迷宮都市を捨てることを判断したんだろうね。……それにしても、迷宮暴走で全てのギルド職員が逃げ出したのは、僕も初めての経験だよ」

そう吐き捨てたロナウドさんの目には、冷ややかな光が浮かんでいた。

「……っ！」

めったに負の感情を表に出さないロナウドさんの怒りに、ジークさんの顔に動揺《どうよう》が浮かぶ。

そして気づけば、隣にいたはずのナルセーナが僕の背に移動していた。

弟子であるジークさんとナルセーナからしても、ロナウドさんがこれだけ怒りを露《あら》わにするのは珍しいことなのか。

……とはいえギルド職員達の行為は、その反応も納得できるものだった。

ギルド職員には大きな権限を持つ代わりに、有事の際は率先して動くことを義務付けられている。

逃げ出したギルド職員達は、特権だけを貪り有事が起きると逃げ出した。

僕は、怒りを超えた嫌悪を覚えた。

師匠もさきほどまでとは比較にならないほどの苛立《いらだ》ちを顔に浮かべていた。

「ギルドが迷宮からの素材を外に出して儲けてることや、特定の冒険者と癒着し、一部の冒険者達を率先して虐げていることは知っていたが……」

「どうやら、思っていたより数段腐敗していたみたいだね」

ロナウドさんは穏やかに、けれど底冷えする目で、普段ギルド職員達がいた方向を見つめ吐き捨てた。

「度し難い愚《おろ》かさだ……」

師匠も苦々しげな表情で同じ方向を見つめていた。

「だが、彼らに賛同しなかった冒険者達がいたのが救いだ。彼らがいなければ、どうなっていたことか」

ロナウドさんはそう告げて嘆息を漏らす。

そして、何かを思い出したように僕のほうへと振り向く。

「そうだ、ラウスト。君から彼らを労っておいてくれない？　超一流冒険者ロナウドの名において、迷宮暴走が収まったあと正式に謝礼を渡すとも」

「……え？　僕よりもロナウドさんからの直接の言葉のほうが彼らは喜ぶのでは……」

ロナウドさんの言葉に、僕は思わず首を傾げる。

たしかに僕は迷宮都市に長くいるが、冒険者との関係は決して良いとは言えない。

だとすれば、確執のある僕から労われるより、ロナウドさんからのほうがいいだろう。

戸惑う僕に、ロナウドさんは言葉を続ける。

「いや、彼はラウストに恩義があると言っていてね。えっと、マーネルだっけ？」

「マーネルが！」

マーネル達は街の人達と仲良くなってはいる。

だけど、ギルド職員達から見れば、逃げ出した他の冒険者達と同じようなものだと思われてもおかしくない人間だった。

街の子供達を鍛《きた》える今の彼らの姿を見れば、他の冒険者とは違うとわかるが、ギルド職員達はその姿を知らない。

マーネル達が逃げ出さずにいてくれたのは知っていたが、他の冒険者達を説得してくれていたとは。

まさかのマーネル達の働きに驚く僕に、どこか嬉しそうにロナウドさんは続ける。

「ラウストのためになるなら、彼らはそう言って協力してくれたよ。まさか、この迷宮都市で仲間まで得ているとは思ってなかったよ」

「……っ！」

ロナウドさんのその言葉に僕は目をみはる。

それは間違いなく僕を労う言葉だった。

「……まあ、私の弟子だからな」

ロナウドさんの言葉に続いて、赤い髪を指で巻きながら師匠も小さく言葉にする。

一見、ぶっきらぼうな態度であるが、師匠も自分のことを褒めようとしてくれることは僕にもわかった。

超一流冒険者であり、何より僕に冒険者としてのすべを教えてくれた二人からの言葉。

それは何よりも嬉しいもので、気づけば自然と僕の口元は緩《ゆる》んでいた。

とにかく、何か言わなければ、そう考え口を開こうとしたとき、誰かが強く僕の服の裾を握ってきた。

一体どうしたのか、そんな疑問を抱きながら後ろへと振り返ると、僕以上に喜びを露《あら》わにするナルセーナの姿だった。

「くふふ」

緩《ゆる》んだ口から微かに笑いを漏らすナルセーナは、興奮で頬《ほお》を赤く染めている。

感情の昂りを抑えられないのか、ナルセーナは僕のローブの裾をさらに強く握ってくる。

そんなナルセーナが、僕が見ていることに気づいたのは、次の瞬間のことだった。

「……あ」

僕と目があったナルセーナは、あからさまに動揺《どうよう》して、目を泳がす。

……ナルセーナは師匠達の僕を褒める言葉に、喜んでくれていた。

僕がそのことに気づいたのは、そのときだった。

やがて僕のローブを摑《つか》んでいる自分の手に気づき、あわてたように手を離す。

もしかして、ローブを摑《つか》んでいたのは無意識だったのだろうか?

一瞬そんな考えが頭によぎるが、誤魔化そうとするように照れて赤くなった顔で笑うナルセーナに僕は何も言えなかった。

……正直、もう胸の中が一杯一杯でナルセーナに何かを言及できる余裕はなかったのだ。

ただ、一つだけ不満を覚えて、僕は小さく呟《つぶや》いた。

「……ナルセーナも誇《ほこ》ってくれてもいいのに」

別に照れる必要なんかなく、ナルセーナには誇《ほこ》ってほしかった。

変異したヒュドラだけではなく、マーネル達がこうして僕を慕ってくれているのも、ナルセーナがいてくれなければありえなかっただろう。

確執があるはずの迷宮都市の冒険者にたいして僕が何も感じずにいられるのは、ナルセーナがそばにいてくれるからなのだから。

だから、ナルセーナには別に堂々と誇《ほこ》ってもらって構わなくて。

……だけど、今はその気持ちをナルセーナに伝えるのに気恥ずかしさを覚えてしまい、火照った顔を隠すようにナルセーナから顔を逸《そ》らす。

いつの間にか部屋の中の雰囲気が生温くなっているのに僕は気づく。

「どうしたんですか……?」

「はあ……」

思わず僕は問いかけるが、なぜか返答は呆《あき》れるような溜息《ためいき》だけ。

訳がわからない僕に、師匠は疲れたような表情をしていた。

「この二人はいつもだから気にするな」

「いつもなのか……」

「……とにかく話を戻すぞ。今は今後の方針を考えねば……」

なぜか僕を見て微妙な笑み浮かべるロナウドさんを無視し、師匠は話を戻そうとする。

「……少し、よろしいですか？」

だけどその前に、真剣な顔をしたライラさんが師匠へと質問を投げかけた。

「冒険者達が逃げ出した隣街は、大丈夫なんでしょうか？　——迷宮暴走に巻き込まれている可能性はないんですか？」

ライラさんの言葉に、今まで少し緩《ゆる》んでいた部屋の空気が引き締まった——。

第45話 隣街と障壁

もし、隣街に迷宮暴走の被害が及んでいれば。

それは、考えたくもない事態だ。

迷宮都市とは違い、隣街には迷宮暴走に対応できるだけの戦力はないだろう。

隣街には一応城壁や騎士団もあると聞くが、それでも迷宮暴走から守るに足るとは思えない。

……一日もつかどうか、そんなレベルの話だ。

「……隣街に被害が行くのは考え難いと思うぞ、ライラ。あの冒険者達程度が隣街に辿《たど》り着くとは俺には思えない」

ライラさんの疑問にジークさんがこたえる。

僕もジークさんの意見に賛成だ。

性格はともかく、たしかに戦神の大剣は冒険者として優秀だ。

そんな戦神の大剣が率いる数百人の冒険者達が強力な戦力であることは、否定しようがない。

それを認めた上でも、彼らが隣街にまで辿《たど》り着くのは不可能としか思えなかった。

そう断言できるほどに、迷宮暴走で現れる魔獣は強化されている。

戦術級の魔法を放とうとしたリッチを思い出し、僕はその思いを強くする。

あの場にいたジークさんも、考えは同じのようだ。

「俺の戦ったオーガは、超難易度級の魔獣に匹敵するような実力があった。いくら数を揃えたところで、杜撰な計画での隣街への逃走が成功するとは思えない」

真剣にそう告げるジークさんにたいし、ライラさんは少しの間思案するような様子を見せる。

しかし、ライラさんの顔から不安げな様子が消えることはなかった。

「たしかに私は、迷宮暴走の魔獣とはホブゴブリンとしか戦っていないわ。だから、見当違いな意見かもしれない。それでも、これだけ考えてみて」

そう前置きをした後、ライラさんは真剣な顔で口を開く。

「……もし、戦神の大剣が数百人の冒険者を囮《おとり》にすることを想定していたとしても、そう言えるかどうかを」

「囮《おとり》!?」

「迷宮都市の冒険者でも、さすがにそんなことは……」

信じられないと言いたげに、ジークさんとアーミアが声を上げる。

それは当然の反応だろう。

僕達側と違って、逃げ出した冒険者達は戦神の大剣の味方だ。

いくら迷宮都市の冒険者であれ、数百人もの味方を捨て駒にするなど普通はありえない。

……けれど、戦神の大剣ならばそれを考えてもおかしくないことを、僕は知っていた。

ジークさん達とは対照的に、僕の顔から熱が引いていく。

周囲から見れば、さぞ青い顔となっているだろう。

それを理解しながらも、僕は表情を取り繕《つくろ》うことができなかった。

迷宮都市から逃げ出した時点で、戦神の大剣は後には引けない。

その選択をした戦神の大剣ならば、自分が助かるために数百人の人間を囮《おとり》にしてもおかしくないのだ。

そして、数百人の冒険者達を囮《おとり》にすれば、戦神の大剣なら隣街の近くまで辿《たど》り着くことができるだろう。

……そうなれば、囮《おとり》の冒険者達を殺した後、魔獣達が戦神の大剣が逃げ込んだ隣街に押し寄せるのも、決しておかしな話ではなかった。

そのことにまで思い至《いた》った僕は、苦渋に顔をゆがめる。

「……ライラさんの懸念通りだと思います。戦神の大剣なら、味方を囮《おとり》にすることも平然とやってもおかしくない」

「なっ！」

「……っ！」

そしてナルセーナも同じ結論に辿《たど》り着いたのか、怒りを隠さない様子で同意する。

「お兄さんの言う通りだと私も思います。いくら私に気絶させられたとはいえ、仲間を躊躇《ちゅうちょ》なく見捨てる連中なら、囮《おとり》くらい……」

「……言われてみれば。首謀者の戦神の大剣とは、あの戦士と治癒師の仲間か」

ナルセーナの言葉に、ジークさんは強張《こわば》った顔で頷《うなず》く。

ジークさんも僕達の話を聞き、納得したようだ。

アーミアだけは衝撃を隠せない様子だったが、今は懇切丁寧に戦神の大剣の非道さを物語る暇などなかった。

とにかく今は、隣街の状況確認が先決だろう。

だが師匠は、そんな僕達を少し気まずげな様子で見ていた。

「……熱くなっているところ悪いが、隣街に冒険者が辿《たど》り着くことはありえないぞ」

その師匠の言葉は、本来喜ぶべき話だった。

にもかかわらず、師匠の顔に浮かぶのは、喜ぶべきことを話しているはずの現状に似合わぬものであった。

「最初に言っておくが、今から話す話は絶対に外には出すな。お前達には元々話すつもりだったが、広まれば冒険者どころか、民衆もコントロールできなくなる」

真剣な師匠の声音に、僕達は黙って頷《うなず》く。

そのときになって、僕はロナウドさんの表情が少し緊張していることに気づく。

それは、今から師匠が告げる言葉がただならぬ事態である何よりの証拠。

「この迷宮都市は、お前達も知っての通り周囲は草原に囲まれ、隣り合う街はネルブルクしかない。そして、隣街ネルブルクに入る唯一の入口である城壁が、障壁によって封鎖された。

――端的に言うと、迷宮都市は孤立することになった」

「…………え？」

迷宮都市が孤立した。

それは、国から送られる救援がないことを暗に告げていた。

つまり、僕達は冒険者の数が大幅に減った現在の戦力で、迷宮暴走を乗り越えなくてはならないことを示している。

それは、今の迷宮都市にとってかなり辛い状況だった。

険しい顔をしたライラさんが師匠へと問いかける。

「……どういうことですか？」

「言った通りだ。隣街のネルブルクには、城壁を強化するように障壁が展開されている。ちょうど、私達が出ていった直後に築かれたものがな。この障壁は、私でも破れる気がしないほどには強力なものだ。内から外に出ることもできなくなるため、隣街から迷宮都市に人が来ることもありえないだろう」

「……っ！」

師匠の言葉に、ライラさんは押し黙る。

それでも、師匠の言葉は止まることはなかった。

「障壁は近くでは魔法や魔術を無効化する、私でも知らない魔術で作られた超高性能なものだ。たとえ、変異した超高性能魔獣の攻撃を受けても問題ないだろう」

……変異した超難易度魔獣の攻撃さえ弾く、その言葉にロナウドさんを除いた全員が絶句する。

だが、師匠の言葉はまだ終わっていなかった。

「しかもあの障壁なら、魔獣が現れても一ヶ月や二ヶ月は容易に持つ」

魔法での障壁は、実は効率が悪い。

何せ障壁を維持するのには、魔力が不可欠だからだ。

常に魔力を供給し続けるのは不可能だ。

だからこそ普通の街は原始的な城壁で守られている。

それを知るからこそ、異常な障壁の存在に僕は驚きを隠せない。

それが師匠の冗談であれば、どれほど良かったことか。

だが、師匠は嘘をついているようには見えない。

動揺《どうよう》する僕をよそに、師匠はさらに話を続ける。

「ロナウドが逃がした冒険者を囮《おとり》にしたのも、あの障壁を計算してのものだろう」

「いや、それは……」

師匠の言葉に、ロナウドさんは弁解しようとする。

だけど師匠は、それを無視して言葉を続ける。

「……何とか障壁を展開するまでの時間を延ばそうとはしたが、ほとんど時間もなく無理だった」

おそらく迷宮暴走が起きた際、隣街ネルブルクにいたのは偶然に違いない。

以前、ジークさんから師匠が近々迷宮都市に来ることを聞かされていた僕は、そのことがわかる。

そこから、僕達を助けに全力で来てくれただけで充分助かっているにもかかわらず、そう告げた師匠の顔には、後悔が浮かんでいた。

その表情は、師匠がほとんど時間のない中でありながら、障壁の展開を必死に遅らせようとしていたことを示している。

それを理解したからこそ、僕は疑問を隠せなかった。

超一流冒険者として、名声だけではなく一定の権限を師匠とロナウドさんは持っている。

それを無視して隣街のネルブルクがことを進めたということに、不自然さを感じずにはいられなかった。

「もしかして、迷宮都市に比べて、隣街では師匠の名前が響いていない？」

僕はありえないと思いながらも、思わず言葉にしてしまっていた。

「いえ、そんなことはありえないと思います。超一流冒険者の権限はギルドによって保証されています。迷宮都市ではないとはいえ、ラルマさん達の権限が通用しないなんてこと、ありえるわけが……」

ナルセーナが僕の疑問をすぐに否定する。

「ナルセーナの言う通り、ギルドがある場所では冒険者の権限は保証されている。ギルドがある隣街ネルブルクで、超一流冒険者の権限が通用しないことは本来考えられないな」

ジークさんの補足に、僕は顎に手を当て思案する。

「そう、ですか」

ほとんど迷宮都市から出たことのない僕と違い、ギルドの権限を知る二人の言葉だ。

間違っているとは考えにくい。

だとしたら、残る可能性は一つ。

「……師匠達、超一流冒険者よりも強い権限を持つ人間が、障壁を作らせた」

超一流冒険者の権限はかなり強い。

それを考えれば、障壁を作らせたのは迷宮都市ギルド支部長のミストか？

いや、ミストの権限はあくまで迷宮都市限定だ。

いくら隣街だといえ、ミストの権限が師匠達を超えるとは考えにくい。

つまり、ミストさえ超えるような人間が障壁を築いたことになる。

師匠が口を開いたのは、そのときだった。

「おそらく障壁を築いたのは、この国の中心部にいる人間だろう。そんな人物でなければ、あの障壁は築けない」

「障壁が築けない？」

師匠の言葉をオウム返ししたナルセーナへと、師匠は頷《うなず》く。

「そうだ。あんな強力な障壁は私も見たことがない。ただ一つだけ言えることがあれば、あれには百人単位で魔法使いが必要だということだ。しかも、百人いたとしても障壁を築くには一ヶ月は必要だろうな」

忌々《いまいま》しさを隠そうともしない表情で、師匠は吐き捨てる。

師匠のことだ。

少なからず、自分の要求をはねのけたことを根に持っているのだろう。

勝手に孤立させられたことにたいして、いい思いなど抱いていないのは僕も同じだ。

とはいえ、師匠の言葉が本当ならば、僕達に障壁はどうにもできない。

その現実に、僕は苦々しげに呟《つぶや》く。

「魔法使い百人、か。それと一ヶ月もあれば、たしかに師匠の言う通り……一ヶ月？」

……言葉にしたとき、ある違和感に気づく。

突然様子が変わった僕に、ナルセーナが心配して声をかけてくる。

「お兄さん？」

「……ナルセーナ、なんで今、隣街に障壁があるかわかる？」

「え？　それは迷宮暴走から街を守るため……っ！」

言葉の途中、ナルセーナの言葉が途絶える。

その反応に、僕はナルセーナも自分と同じことに思い至《いた》ったことを悟る。

そう、本来であれば一ヶ月も準備期間が必要な障壁を、迷宮暴走の備えとすることなど不可能なのだ。

そう、一ヶ月前から迷宮暴走がわかっていなければ。

「……まさか、迷宮暴走を王都の人間が予知していたというの？」

僕達の話を聞いていたライラさんが、震える声でそう口を開く。

「いや、迷宮暴走を離れた王都の人間が予知できるわけがない。予知できたとしたら、迷宮都市内の人間だけだ」

師匠は淡々《たんたん》とライラさんの問いにこたえる。

その態度は、すでに師匠は僕達の想定に行きついていることを証明していた。

いや、それ以上のことに師匠は思い至《いた》っているのかもしれない。

沈黙が広がった部屋の中、師匠がふたたび口を開く。

「そして、その王都の手先は迷宮都市支部長で、遺失技術を持つエルフ、ミスト以外にはありえない」

その言葉でやっと、師匠のミストに持つ過剰な敵意やこれまでの言動の全てが僕の中で繋がった……。

第46話 エルフの居城

絶対に油断するな、かつて師匠が告げた言葉が僕の脳裏によぎる。

それが師匠の心からの警告であったことを、今になって僕は理解した。

師匠の言葉通りであれば、ギルド支部長のミストは迷宮都市を孤立させた張本人になるのだから。

……やはり、ミストとハンザムを自由にさせているのは間違いなのではないか、そう考えて僕は顔をゆがめる。

一度師匠にミストを追いかけることを提案しようか、そんな考えを僕は頭に浮かべる。

そんなとき、ナルセーナが疑問を隠せない様子で口を開いた。

「支部長、エルフ……？　一体何があったんですか、お兄さん？」

ナルセーナの言葉に、僕はいまさらながら支部長についてナルセーナ達に報告していなかったことを思い出す。

「ごめん、報告がまだだった」

僕はナルセーナ達に謝ると、ミスト達のことについて話し始めた。

僕と師匠がミストの隠し部屋を見つけた所から、ミストがエルフだったこと。

そして、ミストと共闘することになったことや、今は自由に動いていること。

「支部長がラルマさんの師で、しかもエルフだと！」

「そんな……！」

全て語り終えた後、ジークさんとナルセーナが呆然《ぼうぜん》と呟《つぶや》く。

なんとも言えない空気の中、僕は気まずげにたたずむことしかできなかった。

冒険者の逃亡のことで完全に意識の外に追いやられたまま話していなかったが、戻ってすぐに話すべきだったかもしれない。

ただでさえ隣街の障壁の話で頭がいっぱいのときに、厄介な情報を明かすことになってしまったと、僕は後悔を抱く。

そんな部屋の中、一番動揺《どうよう》を隠せない様子のアーミアが声を上げる。

「ま、待ってください！　神の寵愛を受けなかった種族のエルフが、生き残っているとはどういうことなんですか！」

改めて周囲を見渡すと、ジークさんもナルセーナも動揺《どうよう》した顔をしているが、滅びたはずの種族が生きていたことにたいする反応にしては落ち着きが感じられる。

「……私からも、少しいいですか？」

一瞬そのことが僕は気にかかるが、ライラさんが口を開いたことでそちらに意識を奪われる。

アーミアよりは比較的冷静な様子のライラさんだが、それでも不安を浮かべてはいる。

「たしかに、遺失技術を持つエルフというのは厄介だと思いますが、本当に共闘しなければならないのですか？　これだけの戦力があるならば、いっそ拘束したほうが……」

それは、一度は僕も考えていた話だった。

師匠やロナウドさんがいる今、ジークさん達が加われば戦力的にミストに劣るとは思っていない。

それでも、一度ミストと対面した僕は、勝負するべきとは思えなかった。

戦力的な話ではなく、それ以上の何かをミストが持っているように思えて仕方がなかったのだ。

……あれは、敵対してはならない存在だ。

その判断の下、僕はライラさん達を諌めようとする。

しかし、その必要はなかった。

「ライラ、絶対に戦うなんて考えるな」

「そうです！　エルフの居城で戦うなんて！」

「え、え？」

僕が口を開くその前に、ジークさんとナルセーナが焦った様子で、ライラさんを説得にかかったのだ。

あまりの剣幕に目を白黒させるライラさんへと、ジークさんはさらにたたみかけようとする。

ロナウドさんが、ジークさんとナルセーナを制止したのはそのときだった。

「ジーク、後は僕からも説明するよ」

「わかりました」

ジークさんが素直に引き下がったのを確認して、ロナウドさんは僕やライラさんへと、その糸目を向けてくる。

「そういえば、ジークとナルセーナ以外にはエルフについて話していなかったね」

明らかにエルフが現存することを知っていたジークさんとナルセーナの態度の理由を、僕はそのロナウドさんの言葉から悟る。

そう、ロナウドさんが二人にエルフについて教えていたのだと。

師匠はロナウドさんと昔からの付き合いだと聞いたことがあるし、師匠を鍛《きた》えたミストの存在をロナウドさんが知っていてもおかしくない。

「まあ、ラウストはラルマから少し話を聞いたみたいだけどね」

ジークさんがそう笑いかけてきたのは、僕がそんなことを考えていたときだった。

そのジークさんの態度に、まるで考えを見抜かれたような居心地の悪さを感じ、僕は身動《みじろ》ぎする。

それ以上僕に言及することなくロナウドさんは話し始めた。

「まあ、まずは全員がある前提を頭に叩き込んでもらうよ」

そう言ったロナウドさんを皆が見つめる。

「──迷宮都市支部長のエルフ、ミストは化け物。敵対は考えてはならない」

「……っ！」

いつもと変わらない穏やかな口調で告げられたその言葉に、師匠を除いた全員の顔に緊張が走る。

そんな僕達の様子を気にせず、ロナウドさんは続ける。

「とは言っても、実力に関しては僕とラルマと同等程度だけどね。弱くはないが、この面子であれば純粋な戦闘では勝てる」

ロナウドさんと師匠と同程度とは、決して弱くはないなんてレベルではない。

そんな言葉が喉元までせり上がってくるが、今は大事なことではないと判断して僕は言葉を飲み込む。

「だが、エルフの恐ろしさは純粋な戦闘とは関係ない。エルフの本領は純粋な戦闘にはないのだから」

　その言葉に、ナルセーナがさきほど発した謎の言葉が僕の脳裏によぎった。

「……エルフの居城、ですか」

「ああ。それがエルフの本質にして、居場所を定めたエルフが畏怖される理由だね。その能力に関して、端的に言えば」

「エルフは魔術を設置できる、そういったところだろうな」

　今まで黙ってことの推移を眺《なが》めていた師匠が、ロナウドさんの言葉を遮《さえぎ》り、続きを口にした。

　突然話を遮《さえぎ》られたロナウドさんは苦笑しているが、師匠の続きを待つように口を閉ざす。

　そんなロナウドさんに一切気を払うこともなく師匠は続ける。

「まあ、言葉だけでは想像できないだろうから、実演してやろう」

　師匠がそう言うと、僕達の背後から突然爆発音が響く。

「なっ！」

　唖然《あぜん》としながらも振り返ると、そこには直径十センチほどの焦げあとがあった。

　それに目を奪われる僕達に、師匠は淡々《たんたん》と言葉を続ける。

「今実演したように、私はある程度の規模ならほぼ一瞬で、魔術を発動することができる。そしてエルフはあらかじめ魔術を設置しておくことで同じことができる」

軽い口調で師匠は話すが、僕は内心舌を巻く。

師匠は簡単そうに言っているが、やってみせたことは異常だ。

魔術、それはかつて師匠が僕に教えてくれたスキルを介さず魔力を扱《あつか》う方法だ。

魔術の存在など知るよしもない、アーミアは唖然《あぜん》としている。

だが、そんな僕達を特に気にすることなく師匠は言葉を続ける。

「原理はまるで違うが、エルフ達が何をできるのか理解したか？　ついでに言えば、エルフが発動できる魔術は、こんな小規模なものではない」

そう言って、師匠は手のひらに火球を作り出す。

大きさはそれほどでもないが、威力はフェニックスの火球に匹敵しかねないだろうものを。

「エルフ達は前もって壁や地面に魔力を込めて魔術を設置することで、後々その魔術をノーリスクで発動することができる。例えば、こんなこともできるというわけだ」

その言葉とともに師匠を取り囲むように、十を超える数の火球が現れる。

いまだ師匠の手のひらに浮かんでいる火球と同じものを、だ。

「魔術を設置していれば、エルフ達はこれと同じことを一切の魔力を必要とせず起こすことができる。とはいえ、エルフの場合は設置された魔術がなければただの魔術師と変わらない。

――だが一方で、魔術が多く設置された場所でエルフと戦えば、脅威《きょうい》度ははるかに上がる」

そう言うと、師匠は発動していた魔術を解除する。

ようやくナルセーナの謎の言葉の本当の意味での脅威《きょうい》を理解させられた。

「……エルフの居城は、設置された魔術で囲まれた場所を示す言葉ですか？」

「ああ、そうだ。魔術で埋め尽くされた城、というわけだ。ミストならば、迷宮都市内に戦術級魔術を仕込んでいても、私は驚かないな」

「……っ！」

ミストが迷宮都市支部長になって、一体どれだけの時間がたっているのか正確な期間を僕は知らない。

だが、十年以上支部長であるのは確実で、ミストが各所に魔術を設置できるだけの期間があったことを示していた。

「そんなの要塞じゃ……」

ライラさんが呆然《ぼうぜん》と呟《つぶや》いた言葉に、僕は唇をかみしめる。

ミストの隠し部屋で、魔術を発動したままでいた師匠の姿が蘇《よみがえ》る。

あのとき師匠が魔術を構築しながらも、いざというとき逃げるためのものにすぎない、そう断言した理由を今になって僕は理解する。

あの狭い隠し部屋の中、どれだけの魔術が設置されていたのか……。

頭の中に浮かんだ想像に、僕の背中に寒いものが走る。

僕達が唖然《あぜん》とする中、ロナウドさんが師匠の話を引き継ぎ話し始める。

「敵対することになれば、ミストは迷宮都市を潰しかねない。もちろん迷宮都市から逃げればミストの脅威《きょうい》は下がるが、拠点がない状態で迷宮暴走に対処しなくてはならなくなる。ミストに気を許してはならないが、敵対してもならない。それが今の状況だよ」

静まり返った部屋の中、ロナウドさんが自分の頭を指さす。

「ミストを化け物といった理由がこの狡猾さだ。ジークやライラどころか、僕やラルマと比べても年季が違いすぎる」

忌々《いまいま》しげにロナウドさんが告げた言葉に、部屋の中を沈黙が支配する。

……だからこそ、突然背後から発せられたその声は部屋の中によく響いた。

「随分な言い様だな」

その声は強く記憶に残るもので、聞き間違えることなどありえないもの。

それでもその人物がいることが信じられず、僕は呆然《ぼうぜん》と背後を振り返る。

自分の想像が外れていることを祈りながら。

だが、その僕の願いが聞き入れられることはなかった。

「お前も充分な化け物だろう、ロナウド」

――そこにいたのは、僕達の話の中心の人物、迷宮都市支部長ミストとハンザムだった。

第47話　ミストの対策

「……っ！」

背後に現れたミストとハンザムにたいし、僕は反射的に短剣へと手をのばしていた。

背後から声をかけられるまでミストの存在に気づかなかったその事実に、自然と短剣を握る手に力がこもる。

いつミスト達が部屋に入ってきたのか僕はわからなかった。

まるでミスト達が瞬間移動してきたかのように。

それは僕だけではなかったのか、ナルセーナやジークさん達の顔も険しい。

だが、ロナウドさんはいつもと変わらない穏やかな表情を浮かべている。

そして師匠は、不機嫌さを隠そうともしない目でミストを睨《にら》んでいる。

そんな師匠の目を向けられても、ミストから余裕が消えることはなかった。

「せっかく、迷宮暴走に対処するために動いてきた人間にたいして、その態度はいささか酷くはないかね？」

「黙れ。悪趣味な登場をする人間にたいして当然の反応だろうが」

そう言うと、師匠はミストの足元を忌々《いまいま》しげに見る。

そこに魔法陣のようなものが現れていることに僕は気づいた。

さきほど聞いたエルフの設置型魔術の話が頭をよぎる。

これが、設置型魔術か？

そんな考えが頭によぎるが、すぐに僕はその考えを否定する。

その魔法陣には、既視感があった。

いや、既視感なんてものではない。

それが何なのか僕が見間違えるわけがない。

そして、師匠がミストに発した言葉で僕の考えが正解であったことを知る。

「抜け目のないやつだな。ギルド内に一体どれだけその魔法陣、いや転移陣を張り巡らせている？」

……そう、ミストとハンザムの足元に刻まれていたそれは、迷宮都市から迷宮に入るために使われる転移陣だった。

はるか昔、遺失技術で作られたと言われる迷宮への転移陣。

それと同じものをまるで便利な道具のように扱《あつか》っているミスト達に、改めて僕は理解する。

このエルフが、一体どれだけ異常な存在なのか。

「嘘、遺失技術をこんな容易く……！」

ライラさんの呆然《ぼうぜん》とした声が聞こえる。

その声に、これまで以上の驚愕《きょうがく》を僕は感じる。

この転移陣は、師匠達が説明したエルフの脅威《きょうい》など比較にならないほど、ライラさんに衝撃を与えたようだ。

そして、それは僕も同じだ。

転移陣を使って孤立した所から襲撃されれば、僕達も無事でいられないだろう。

これから、一人でいることだけは避《さ》けたほうがいいかもしれない。

転移陣という存在を目にし、僕は改めてミストの脅威《きょうい》を胸に刻む。


ミストとのにらみ合いが続く中、部屋の外から何者かが走ってくるような音が聞こえる。

一瞬、ミスト達の姿があることに僕は焦るが、問題はなかった。

その足音に気づいたミスト達の足元から魔法陣が強く輝き、姿を消したのだから。

足音がどんどんと部屋に近づいてきて、勢いよく扉が開かれる。

そこにいたのは、マーネルだった。

「に、逃げ出した冒険者達の生き残りが帰って来ました！　やつらが言うには、超難易度魔獣がもう少しでこっちに来ると……」

平静を失ったマーネルの言葉は途切れ途切れだった。

だが、その言葉に師匠の顔にめったに見せない焦燥《しょうそう》が浮かぶ。

「超難易度魔獣だと！　その冒険者の所に案内しろ。できる限り早く」

「は、はい！」

超一流冒険者の余裕のない表情に、マーネルがあわてて走り出す。

僕達もそれを追って部屋を後にする。

マーネルの背を追いながら、師匠が強張《こわば》った顔でロナウドさんへと問いかける。

「……今までに超難易度魔獣が、迷宮暴走初日で現れたことはあったか？」

「僕の知る限りはないね」

淡々《たんたん》と話す師匠とロナウドさん。

だがその声色には、隠しきれない焦燥《しょうそう》が込められていた……。

◆　◆　◆

迷宮都市へと逃げ帰って来た冒険者が、迷宮都市を出た後の出来事を語る。

どうやら迷宮都市を後にしてから二時間ほどで、魔獣との戦闘に陥ったらしい。

　最初は善戦していたものの、オーガに一流冒険者が倒されたことで、あっさりと陣形が崩《くず》れた。

　その上、追い打ちをかけるように超難易度魔獣のフェンリルが現れたという。

　それを見た戦神の大剣がその場から逃げ出し、それを追いかけるように他の冒険者達も逃げたようだ。

　それにつられた魔獣達が、戦神の大剣や冒険者達を追い始めたことで、何とかこの冒険者は迷宮都市へと逃げてくることができたらしい。

　話を聞き終えた後この冒険者を牢に入れると、僕達は改めて部屋に集まっていた。

　ただ、部屋の中にはジークさん達の姿はなかった。

　逃げ出した冒険者が騒ぎながら逃げてきたことで、他の冒険者達にも超難易度魔獣のことが知られてしまったのだ。

　そのせいで騒ぎ始めた冒険者達を、ジークさん達が今宥めている。

　これは、ギルド職員達が逃げ出したゆえの弊害だ。

　冒険者をまとめる役目の人間がおらず、そのせいでジークさん達に頼むことになってしまった。

　冒険者達とまだ信頼関係を築けているとは言い切れない僕とナルセーナでは、冒険者を宥めることは難しいだろう。

やむなくジークさん達に冒険者達を任せている。

でも、ジークさん達が欠かすことのできない戦力であることを考えれば、こうして消耗させるのはできれば避《さ》けたい。

なにか対策を考えなければならないだろう。

思考にふける僕をロナウドさんの言葉が引き戻す。

「ねえ、ラウスト。君なら一人でフェンリルを足止めできるかい？」

「……え？」

僕は、その言葉に目をみはる。

変異した超難易度魔獣を一人で足止めする。

それを聞けば誰もが無謀だと考える。

……そんな言葉を、あのロナウドさんが発したことを、僕は信じられなかった。

反射的に僕はロナウドさんに真意をただそうとするが、その前に怒りを露《あら》わにした師匠が口を開く。

「ふざけるなよ、ロナウド。無駄に貴重な戦力を減らすつもりか？」

「その貴重な戦力を無意味に温存すれば、ここで全員野垂れ死ぬ」

　ロナウドさんを師匠が睨《にら》みつける。

「超難易度魔獣と戦うなどという無茶な命令が、有意義な戦力の使い方か？」

「いや、たしかにそれは違うね。でも、それができなければ迷宮都市は持たない。ラルマもわかっているんだろう？」

「……くそ」

　険しい表情で言葉を交わす師匠とロナウドさん達に、今がどれだけ深刻な状況か、僕は理解する。

　僕が超難易度魔獣を足止めしておけるかどうかなんて、ただの賭けだろう。

　それでも、その可能性に賭けねばならないほど現状は追い詰められている。

　そう認識してもなお僕は即答できない。

「……っ！」

　脳裏によぎるのは変異したヒュドラ。

　……あんな強敵を一人で足止めしろ、そう言われて間髪入れずに頷《うなず》けるほど、僕は自分の実力を過信してはいない。

　けれど、僕が迷いを抱いたのは一瞬だった。

　覚悟を決めた僕が口を開こうとしたとき、目の前の床に転移陣が現れた。

ミストの帰還に、今までどこに行っていたのかと苛立《いらだ》ちが募る。

それは師匠も同じだったのか、ミストを睨《にら》みつけ吐き捨てる。

「一体今までどこにいた？　今がどんな状況なのかわかっているのか？」

「ああ。変異したフェンリルが現れたんだろう」

その問いに一瞬の間もなくこたえたミストに師匠が気色ばむ。

それは僕も同じだ。

だが、ミストの態度はこの最悪な状況を知っているとは思えないほどに、平然としたものだった。

ミストは周りを見回すと、まるで意表を突いてやったと言わんばかりの顔で笑う。

「まあ、とにかくついてくるといい。変異したフェンリルでも対処できる」

そう言うとミストの言葉に反応するように、ミストの足元の転移陣が僕達の足元にまで広がり輝き始める。

「なっ⁉　一体何を！」

突然のことに驚愕《きようがく》を露《あら》わにする師匠。

だがミストは、片目をつぶって口を開く。

「最初に私は言っただろう？　迷宮暴走に対処するために動いてきたと」

いまさらながら、ミストがこの状況にあってもなお余裕を失わないだけの何かを知っていることに気づく。

そして師匠も、不機嫌さを隠さない態度でありながらも黙る。

そんな師匠を満足そうに眺《なが》めると、ミストは転移陣を発動する。

「では、行こうか。――迷宮都市の城壁を発動するために」

第48話 障壁の秘密

ミストの言葉と共に、僕達の目の前の景色が変わっていた。

目に映るのは、さきほどまでのギルドの部屋ではなく外の景色。

周囲を見回し、ここが迷宮都市の外であることを認識する。

「……本物の転移陣か」

ミストが使った転移陣が、偽物とは思っていない。

それでも、こうして実際に迷宮の出入り以外で転移陣を使うと、どこか不思議な感覚を覚える。

……改めて、遺失技術にたいする畏怖が僕の中に刻み込まれる。

とはいえ、今は遺失技術に気を取られている場合ではないと、僕は意識を切り替える。

今は迷宮暴走をどうにかすることが最優先で、他のことに気を回している余裕なんてないのだから。

それに、転移陣よりもよっぽど確かめなければならないことがある。

そして僕は、前にいる師匠へと問いかける。

「……師匠はミストの言っていたものの存在を、知っていますか？」

無言で首を振る師匠に、僕は口を噤む。

やはり、これは僕だけが知らない話などではない。

黙っていても埒があかないので、僕はミストへと問いかける。

「迷宮都市の城壁とは一体どういうことですか？　……迷宮都市には城壁なんてないはずだ」

転移前にミストが告げた言葉を、僕ははっきりと覚えていた。

いや、忘れられるわけがなかった。

なぜなら、僕達の頭をよぎっていたほどに切望していたにもかかわらず、なかったものこそが城壁だったのだから。

故に僕は、城壁をあるものとして扱《あつか》うミストに不信感を隠せない。

「迷宮都市に城壁なんてない、か」

……そんな僕の言葉に、まるで何かを懐かしむような、思い返すような、そして何かを後悔するかのような複雑な表情がミストに浮かぶ。

今までとはあまりにも違うミストの姿に、僕は目をみはる。

しかしその表情を浮かべたのは一瞬のことだった。

「仕方ない、若い者に過去を教えてやるのも老いぼれの役目だ。道すがらに話してやろう。迷宮都市になぜ、ネルブルクのような城壁がないのか」

そう言うとミストは、笑みを浮かべ、歩き始める。

さきほどの表情は見間違いなのか、そんな考えが僕の頭に浮かぶ。

けれど、僕はそんな考えを頭から振り払い、ミストの後を追う。

「まあ簡単に言えば、ネルブルクにあるような城壁が迷宮都市にないのは無駄だからだ。あのような城壁は、少し優秀な魔法使いであれば簡単に潰せるような脆いものだ。そんなものがあった所で、迷宮暴走ではすぐに潰れて終わりだ」

それはたしかに事実だった。

今回のような迷宮暴走では、すぐに破壊されるだろう。

さきほどの戦いでも、リッチが戦術級の魔術を放ってきた。

そんな攻撃を受ければ、城壁は一撃で粉々だ。

それでも、なくて良いとは僕は思えなかった。

「だからって、どうして城壁がなくていいなんて結論に！」

そんな僕の想いと同じなのか、ナルセーナが顔をゆがめて、ミストに反論する。

そう、たとえ一撃しか耐えられない城壁であっても決して無意味ではないのだ。

いくら脆い城壁でも、逆にいえば一撃耐えることができる。

その一撃の意味は大きい。

たとえ崩《くず》れたとしても、魔獣との戦いではそれを防衛戦として利用することができるかもしれない。

たとえ脆い城壁でもあったほうがいいにきまっている。

ナルセーナに同意しようと僕が口を開く前に、ミストがナルセーナの問いにこたえる。

「城壁がいらないとは言っていない。ただ、ネルブルクにあるような城壁が無駄だと言ったのだ。だからこそ、迷宮暴走にも耐えられる城壁を作ったのだ」

「……え？」

ナルセーナは、ミストの言葉の意味がわからず呆《ほう》けている。

そんなナルセーナに構わず、ミストは話を続ける。

「当たり前だろう？　そもそもこの迷宮都市に、どれだけの迷宮暴走にたいする対策がなされていると思う？」

そう言うとミストは、さきほど僕達が渡ってきた転移陣のほうを指さす。

「迷宮都市からでも都市の外にある迷宮に入ることができる転移陣。そして、迷宮都市での冒険者の優遇制度。どれも迷宮を暴走させないために、そして、暴走しても危険を最小限に抑えるための仕組みだ」

まるで僕らの反応を楽しむように笑いながら、ミストは言葉を続ける。

「それだけの対策がされているこの迷宮都市に、城壁がないわけないだろう」

突然ミストは歩くのを止める。

何もない場所で止まったミストに、僕は一瞬身構える。

だが、ミストの視線の先にいるハンザムの姿に、ここが目指していた場所だと悟る。

僕を含めた全員が立ち止まったのを見て、ミストはあるものを指さす。

「あれが、この迷宮都市の壁にして、最高峰の城壁だ」

――それは、迷宮都市の四隅に設置された、冒険者達が高台と呼ぶ白い建造物だった。

「……なに、を？」

僕はただその建造物を見つめる。

それはたしかに神秘的な何かを感じなくもない美しい建造物ではあった。

だが、それだけだ。

こんなものでは、迷宮都市に雪崩込む魔獣を抑えることなんてできはしない。

僕だけではなく、皆が疑わしげな目をミストに向けている。

そんな中で、師匠だけが違った。

「そういうことか。くそ！　……もっと早くに気づくべきだった」

苛立《いらだ》ちを隠さずに、師匠は建造物に手を当てる。

「し、師匠⁉」

突然の行動に僕は思わず声を上げるが、師匠は何もこたえなかった。

ただ無言で建造物へと魔力を流し始める。

次の瞬間、建造物は師匠の魔力に反応して輝き出す。

どんどんとその光は強まっていき、一際《ひときわ》強い光を放つと、その光は迷宮都市を覆《おお》うように広がっていく。

「これが、迷宮都市の城壁……？」

そして光が収まった後、そこにあったのは迷宮都市を囲むようにたたずむ石造りの城壁だった。

それを見て、ようやく僕は把握《はあく》する。

冒険者達が高台と呼ぶ白い建造物こそが、城壁を発動するための魔道具なのだと。

だが、城壁の姿を見たミストが、珍しく驚愕《きょうがく》の表情を浮かべている。

「……一人で障壁を作れるだけの魔力だと？」

「うるさい」

ミストの声に煩わしそうにこたえた師匠の顔には、疲労が浮かんでいた。

だがそれも当然のことだろう。

迷宮都市を囲む城壁の高さは十メートルもあろうか。

そんなものを作った直後なら、疲れていてもおかしくない。

「大丈夫か？　手をかすよ」

ロナウドさんが師匠へと手を伸ばす。

「いや、いい。そんなことよりも、ミストに聞きたいことがある」

しかし師匠は、ロナウドさんの手を押し退け、ミストを睨《にら》みつける。

「ミスト、聞かせろ。この城壁はなんだ？　お前は何が狙いだ」

今までにない敵意を露《あら》わにして、師匠はミストを問い詰める。

師匠の変貌に、僕達は呆然《ぼうぜん》と立ち尽くす。

だが、師匠に敵意を向けられているはずのミストにまるで動揺《どうよう》はなかった。

「落ち着いてくれないと、私も話せないのだが？」

「……黙れ。今は無駄話をする余裕はないぞ」

「ラルマさん、落ち着いてください！」

さらに激昂し、殺気を漂わせ始めた師匠を、あわててナルセーナが宥めにかかる。

「ナルセーナ、警戒するのはこのエルフだ」

「……え？」

師匠の言葉に、ナルセーナの動きがとまる。

そして、師匠は迷宮都市を覆《おお》う城壁を指さしながら吐き捨てる。

「これは、隣街のネルブルクを覆《おお》っている障壁と同じものだ」

迷宮都市の城壁、それは普通の石の城壁に見える。

けれどそれが石で作られたものでないことに、魔力探知をした僕は気づく。

一見石に見えるが、この城壁は魔力の塊だった。

「うん。この城壁の見た目と感触は石だけど、明らかに強度が異常だね」

いつの間にか城壁を軽く叩いていたロナウドさんが断言する。

師匠は僕達が障壁の異常さを知ったことを確認すると、ふたたびミストを睨《にら》む。

「でだ、ミスト。この障壁を作って気づいたのだが、この城壁は隣街のネルブルクを覆《おお》う障壁とよく性質が似ている。……なあ、お前なのか？」

「なんの話だい？」

飄々と変わらぬ笑みを浮かべるミスト。

そんなミストをまっすぐと見据え、師匠は問いかける。

「隣街のネルブルクの障壁を発動させ迷宮都市を孤立させたのは、お前か？」

「ああ、その話か」

師匠の言葉を受けて、ミストは笑う。

「そうだ。私が迷宮都市を孤立させた」

……ミストはあっさりと自分が敵であることを認めた。

第49話　防衛戦の始まり

焦る心を抑え、僕は短剣を抜き放つ。

ミストを敵に回してはいけない。その話は頭にこびりついている。

それでも僕は、短剣を構える。

そんな僕に呼応するようにナルセーナが臨戦態勢に入る。

そして僕達に反応するように、ハンザムも剣に手をかける。

師匠とロナウドさんには、目に見えての変化はない。

だが二人とも、周囲へと突き刺すような敵意を放っていた。

緊迫した空気が、急激に場を覆《おお》っていく。

にもかかわらず、その空気の原因たるミストだけは笑っていた。

「そんな怖い顔をしなくても大丈夫だ。言わなかったか？　私は迷宮都市を守るために協力すると」

少なくとも、ミストには今すぐ戦闘を始める気がない。

それを理解し、少し安堵《あんど》が僕の胸に広がる。

とはいえ、ミストの言葉だけで僕は武装を解くことはできなかった。

今すぐ僕達を殺そうとしなくとも、ミストが僕達の敵であることは確かなのだから。

だからこそわからない。

なぜミストは素直に師匠の問いを肯定したのか。

「だったら、なぜ迷宮都市を孤立させたことをわざわざ明かした？」

師匠もミストの意図がわからないようだ。

この城壁について教えなければ、師匠が隣街の障壁とミストを繋げることはなかった。

だがミストは、あっさり迷宮の存在を明かし、自分が隣街の障壁に関わっていることを認めた。

「私が関わっていることをほぼ確信している君達に隠しても意味がない、そう思っただけさ」

転移してくる直前のギルドでの会話を、ミストは聞いていたのか。

そのことに気づいても、もはや僕の中には驚きはなかった。

ただ、一つわからないことがあった。

「ここで隠そうとしても、逆に疑われるだけだろう。だから隠さず正直に肯定した。そして、その上でもう一度提案しよう」

敵意を向けられながら、笑って言葉を続けるミスト。

その姿に、僕はその疑問を強める。

……どうして、ミストが僕達に協力的なのか？

「たしかに私は迷宮都市を孤立させた。少し前ならば、君達の敵だったと言っても過言ではない。だがそれは過去の話で、今は違う。私にも目的があり、それには君達の協力が必要だ。——だから、私と協力して迷宮暴走をのりこえようじゃないか」

「……信用できるわけがないだろう」

ミストの提案に師匠は頷《うなず》くことはなかった。

もちろん僕も同意見だ。

不信感を露《あら》わに、師匠はミストに問いかける。

「協力してほしいなら、自分の目的を言え。何が理由で、私達の協力を求めるのか。それがなければ信用できるわけが……」

「必要ない」

師匠の言葉にたいするミストの返答は一言だけだった。

取り付く島もないミストの返答に師匠は言葉を失う。

「そうだろう、ラルマ。君達に今必要なのは、私がいなければ迷宮都市を守れないという事実だけだ」

笑いながらミストは城壁のほうへと歩き出す。

そして、城壁に触れると、ふたたび師匠へと向き直る。

「この状況で、私の手を振りほどくことは君達にはできない。どれだけ怪しくても、私の有用性がわかる限り絶対に」

ミストの言葉に、誰も何もこたえられない。

それが何より雄弁に、ミストの言葉を肯定していた。

だけど、僕はそれに納得したくはない。

何か言い返そうとするが言葉が出てこない。

そんな僕をよそに、ミストはふたたび城壁に向き直る。

「この城壁を一人で展開するとはな。さすが神の恩寵、スキルといった所か。——で、どれだけの期間、この城壁を維持できる？」

「……っ！」

師匠の顔にはっきりと動揺《どうよう》が浮かぶが、その問いにこたえることはなかった。

ミストはそんな師匠の様子を一瞥すると、興味をなくしたのかまた城壁を眺《なが》める。

「では、今後ともよろしく頼む」

穏やかに、けれど有無を言わせない口調でそう告げてきたミストに、僕は強く拳を握りしめる。

「……そんな強引なやり方で誰が！」

一方的なミストの話の進め方に、僕は叫ばずにいられなかった。

ミストの言葉はたしかで、迷宮暴走に対処するにはミストが必要かもしれない。

しかし、こんな流れでミストを受け入れられるわけがなかった。

せめて、目的ぐらいは聞き出さなければ、ミストを受け入れることなどできない。

引かないという意志を込め、僕はミストを睨《にら》みつける。

「……ラウスト、下がれ」

だけど師匠が僕を止めた。

一瞬、師匠を振り払ってしまおう、そんな考えが浮かぶ。

けれどそんな考えは、師匠の顔に僕以上の怒りが浮かんでいるのを見た瞬間、消え去る。

「魔獣が近くまでやってきた。今はそちらが優先だ」

「……っ！」

迷宮暴走という現実を目の前に突きつけられ頭が冷える。

どれだけ苛立《いらだ》たしくとも、今はたしかにミストの存在が必要かもしれない。

だけど僕は、一言言わずにはいれなかった。

「……僕達を利用しようとしたことを後悔するぞ」

「楽しみにしている」

そんな明らかな負け惜しみが、僕にできた最後の抵抗だった。

◆　◆　◆

それから僕達は、ミストの転移陣で急いでギルドへと戻り、突然現れた城壁にパニックになる人々に説明した。

少し手間取ったものの、現れたのが迷宮都市を守る城壁だったこともあり、その騒ぎはすぐに収まっていった。

魔獣がそこまで来ているため、急ぎ戦闘準備を整えると、僕達は一度ギルドに集まる。

「ジーク以外、全員揃ったか」

ミストを僕達以外の目に触れさせるわけにはいかないので、ジークさんにはここではない別の場所での監視をお願いしていた。

部屋の中で僕達が来るのを待っていた師匠は、いつも通り足を組み尊大な態度で椅子に座っていた。

平時であれば少なからず反感を買う態度ではあるが、この緊迫した状況ではなぜか心強く感じる。

……でも、いつもと違い師匠の顔色は悪かった。

「ああ、私のことは気にするな。城壁に魔力を持っていかれただけだ」

僕が何かを言う前に、師匠はヒラヒラと手を振る。

師匠が大丈夫というならば、今は気にしないほうがいいだろう。

胸に感じる不安を抑え、僕は口を閉じる。

そんな僕の姿を確認すると、師匠はふたたび口を開く。

「とはいえ、今回私は戦えない」

圧倒的な攻撃力を有し、経験豊富な師匠の戦線離脱。

それは衝撃ではあったが、ある程度予想できるものだったからこそ、僕にそこまでの動揺《どうよう》はなかった。

これだけの城壁を築いたのならば、いくら師匠でも消耗してもおかしくない。

戦闘準備を整える周囲を見ながら、僕は呟《つぶや》く。

「……やはり城壁の中にひきこもっているだけではすまないんですね」

「まあな。さすがに私一人では、完璧な城壁は無理だった」

師匠がここまでしても、この城壁は完璧ではなかった。

「だったら、私も……」

「いや、お前には無理だ」

自分も魔力を込める、そう言いかけたアーミアを師匠は制止する。

「私の見立てが間違っていた。これは魔法使いが何人集まっても展開できない類のものだ。魔術師以外使えない」

魔術、それはスキルを介さず魔力を扱《あつか》う方法。

だが、そんなもの知るはずのないアーミアの顔に疑問が浮かぶ。

「魔術師、ですか?」

「エルフの別称とでも考えておけ」

「は、はい」

納得したわけではないだろうが、それ以上話す気のない師匠の様子に、アーミアは口を閉じる。

ナルセーナは以前に僕が教えたことがあるので、師匠の言葉の意味がわかったのか僕のほうを見てくる。

そんなナルセーナの視線に頷《うなず》き返すが、頭の中では違うことを考えていた。

魔術がエルフの技術ならば、やはり師匠に魔術を教えた人間こそがミストなのだろうか、と。

そして、あのときのミストの言葉が、僕の頭をよぎる。

――で、どれだけの期間、この城壁を維持できる？


あのときミストは師匠に「維持できる？」とたずねていたように思う。

だが師匠は、「私一人では、完璧な城壁は無理だった」としか言っていない。

……二人の言葉の違いに僕は少し違和感を覚える。

けれどその僕の考えは、師匠が口を開いたことにより中断した。

「まあこの城壁は変異したオーガ程度までなら耐えられる。今はこの城壁が迷宮都市の希望だ。……認めるのは業腹ではあるがな」

オーガまで耐えることのできる城壁、それはたしかに師匠の戦線離脱を考慮しても有用なものだろう。

いや、そんな言葉ではこの城壁の価値は言い表せない。

この城壁は正しく、迷宮都市の生命線なのだから。

だが、超難易度魔獣のフェンリルには通用しない。

「だからフェンリルを城壁の近くに寄りつけるな。絶対に城壁を守れ」

それがわかっている師匠は、いつにない強い言葉を発する。

僕は強く拳を握りしめる。

誰もが理解している。

この城壁を維持できなければ、自分達に未来はないと。

そんな僕達の覚悟を確かめるように師匠の視線が鋭さを増す。

しかし、その視線はすぐに柔らかいものへと変化した。

「おそらくロナウドだけでフェンリルは充分だ。他の魔獣がいても、想定通りにお前達が動けば大した被害もなく終わる。それを理解した上で、今からの話を頭に叩き込め」

師匠の言葉に、皆注目する。

「まずは他の連中、外にいる冒険者達のことだが、あいつらにはお前達が戦いやすいように、オーク以下の魔獣の相手をさせる。ミストとハンザムには冒険者に紛れ込んでサポートさせる。

そこでライラ」

「はい」

「お前は冒険者達を回復し、想定外の事態があれば指示を任せる」

「わかりました。……ミストが何かしないか見張りながら、ですね」

「ああ、そうだ」

ライラさんの返答に満足気に頷《うなず》いた後、師匠はアーミアに顔を向ける。

「そこの魔法使いは、とりあえず他の魔法使い達と共に後衛にいて、ライラかロナウドの指示で攻撃しろ」

「は、はい」

アーミアは師匠の命令に少しびくつきながらも返事をする。

ふたたび師匠は頷《うなず》くと、視線を僕のほうへと向ける。

その顔は、二人へ向けたものと違い真剣なものだった。

「馬鹿弟子とナルセーナには、オーガの対処を頼むつもりだ。冒険者達が相手にならない敵をな」

師匠の言葉に混じる「つもり」という言葉。

それは、僕の実力を師匠が測りかねていることを示していた。

「そしてオーガ達の対処を終えた後に、ロナウドさんの援護《えんご》ですね。わかりました」

「お兄さんと一緒なら余裕ですね！」

そう理解した上で、僕とナルセーナは何事でもないかのようにこたえる。

——そう、オーガ程度なら問題などない、そう言外に主張しながら。

こういった自信に満ちた言動は、ナルセーナならともかく、これまでの自分からは出てこな

い言葉だった。

でも僕は、自分を無意味に蔑むつもりはない。

隣にいる彼女が、自分の価値を充分に教えてくれたから。

僕の今までに見せたことのない自信を隠さない態度が想定外だったのか、一瞬師匠は目をみはる。

「……随分と生意気な態度をとるようになったな」

そう言う師匠の顔は、不機嫌そうに見えた。

ただ、その声音が弾んでいることはまるで隠せていなかったけども。

「まあ、問題がないならばこのままでいく。後はロナウドに指示をあおげ」

装った不機嫌そうな表情のまま、師匠は話は終わったとばかりにそそくさと立ち上がって、部屋から出ていこうとする。

しかし、完全に部屋を出ていく直前でふと足を止めた。

「……まあ、なんだ。とにかく早く帰ってこい。そうしたら、ささやかになるだろうが祝宴だ」

そんな言葉を最後に、師匠は部屋を後にする。

師匠の言葉に、僕とナルセーナは顔を見合わせて笑う。

「早めに終わらそうか」

「はい。お腹を空かして帰りましょう！」

そう言葉を交わした僕達は隣り合って歩き出す。

……それが、苛烈な城壁の防衛戦の始まりだった。

第50話　第一次城壁防衛戦Ⅰ

「相談は終わったかい？」

ギルドから出た僕達を待っていたのは、転移陣らしきものの上に立つミストだった。

そして周囲には他の冒険者達の姿がない。

それどころか、ミストを監視していたはずのジークさんの姿も見当たらない。

ミストと共にいるはずのハンザムの姿もなく、一瞬僕はミストが敵対した可能性を考える。

「他の冒険者達はすでに城壁の外で戦闘しているだけだ。そう敵視しないでくれないか？」

「……自分の行いを省みてから言ってください」

ミストの言葉を、ナルセーナがばっさりと叩き切った。

ナルセーナの言葉に同意であると示すように僕もミストを睨《にら》みつける。

それにしてもわからないことがある。

「なぜ勝手に冒険者達は城壁の外に……」

「ああ、私が転移させた」

「なっ!?」

何でもないことのように、ミストは話す。

……このエルフにとって、迷宮都市唯一無二の遺失技術と言われていた転移陣さえ、便利な道具にすぎないのか。

たしかにミストは敵ではあるが、有能な存在であることは間違いなかった。

だとしても、独断専行を許すわけにはいかなかった。

「転移陣を出入りに使うまでは優秀な考えなのはわかる。だが、どうして師匠達に伝えずに使った？」

迷宮都市を覆《おお》う城壁には、ちょうど迷宮がある方向が開くような作りを見ることができる。

だとすれば、城壁の外に出られないというわけではないだろう。

とはいえ、転移陣のほうが利便性が高いのは確実だ。

故に、転移陣の仕様は決して責められることではない。

けれど、それ以外は全てやりすぎだった。

「……なぜジークさん達を勝手に迷宮都市の外に送り出すようなことをしたのか」

「許さないも何も、君達が決めることではないだろう」

僕がどれだけ睨《にら》もうが、ミストの笑顔に変化はなかった。

「そもそも、今回の判断を責められるのは納得がいかないな」

「……どういうことだ？」

「隠さなくてもわかっている。ラルマの負担を少しでも減らすために、魔獣の数をできる限り減らしたほうが良いんだろう」

ミストは何かを見通していると言いたげに言葉を重ねる。

……しかし、その言葉の意味がまったく僕には理解できなかった。

「だから、何の話だ？」

僕の言葉に、ミストの動きが止まる。

「……あの馬鹿が」

そう吐き捨てた瞬間、ミストから笑顔が消える。

今まで、何があろうと笑みを浮かべていたミストの見せた、別の表情。

僕もナルセーナも思わず目をみはる。

「まあ、今はそれを気にしている暇もないか」

しかしミストがその表情を見せたのは、一瞬のことだった。

たった一言で気持ちを切り替えたミストは、いつもと同じ笑顔を貼り付ける。

あまりの変わり様に、僕とナルセーナは呆然《ぼうぜん》と立ち尽くす。

さきほどのミストの表情の変化は、本当だったのかさえ疑わしく思える。

「ラウスト」

だが、次にミストが告げた言葉に込められた重い響きが、さきほどの表情が見間違いでなかったことを証明していた。

「君はラルマから目を離さないほうがいい。もし、師匠の命を救いたいと思うのならば」

「……え？」

「それは一体……」

意味深なミストの言葉を僕とナルセーナは聞き返す。

けれど、それにミストがこたえることはなかった。

僕達の足元に現れた転移陣が光を放ち、目の前の光景が変わる。

そして目の前に広がる戦場。

背後の大きな城壁を確認し、城壁の外に転移したことを悟る。

「くそ、せめてもう少し説明を……！」

意味深なことだけしか言わないミストに、僕は恨み言を漏らす。

周囲を見回しても、ミストの姿はない。

僕の隣に同じく転移させられたナルセーナが、憎々しげに口を開く。

「……忌々《いまいま》しいですが、今は魔獣を優先しましょう」

「そうだね。まずはジークさんと合流しよう」

周囲を確認し、目に見える範囲でジークさんの姿がないことを確認すると、僕とナルセーナは身体強化を行って走りだす。

魔獣と戦う冒険者達の間を潜り抜け、ジークさんがいるであろう奥へと向かう。

「オークには二つ以上のパーティーで戦え！」

その最中、聞こえてきたマーネルらしき声に、僕は口元に笑みを浮かべる。

押され気味であれば援護《えんご》も考えていたが、その必要はないとわかるレベルで冒険者達は善戦していた。

その理由に、少なからずマーネル達が関わっているだろうことが、なぜか僕には嬉しかった。

「私達も負けてられませんね」

「……ああ、そうだね」

何も言っていないのに、気持ちを汲《く》んだような言葉をかけてくれるナルセーナに僕は頷《うなず》き、さらに足を速める。

ジークさんの姿が見えてきたのは、そのすぐ後のことだった。

「ウオォォォオオ！」

ジークさんがいたのは、冒険者達の戦場から少し離れた草原。

そこで、ジークさんは二体のオーガと、三体のオークと渡り合っていた。

その光景は、ジークさんの戦士としての力量がかなり高いのを示すものだった。

「……凄いな」

僕は感嘆せずにはいられなかった。

二体のオーガと、三体のオークを相手にしながら、いまだ余裕が見えるジークさんの姿に、
魔獣を足止めする、そのことに関してはジークさんは、異常なほどの実力を発揮《はっき》していた。

魔獣の攻撃を大剣で捌《さば》ける技量に、高い防御力を持つ鎧《よろい》。そして、隙《すき》を見つければ一撃で魔獣を叩ききる攻撃力。

素早さがない欠点こそあれ、それ以外は全てが高水準の実力をジークさんは有していた。

ジークさんが有能な戦士であることは、フェニックス戦で知ったつもりだった。

だが、ジークさんはそんな僕の想定を超える戦士だ。

攻撃しかできず魔獣を引き付けられないマルグルスや、不完全に魔獣を引きつけることしかできない僕とも違う。

ジークさんは、ロナウドさんの弟子と名乗るのに相応しい実力を有する戦士だった。

惜しむべきは、ジークさんの戦い方が迷宮暴走に向いていないことだろう。

ジークさんがどれだけ長い時間二体のオーガを引きつけておける能力があろうが、今この場

においては関係ない。

　なぜなら、次々と魔獣が溢《あふ》れ出してくる今必要とされるのは、オーガを引きつける能力ではなく、どれだけ早く倒せるかなのだから。

　いくらジークさんでも、さらにオーガが増えれば対処はできまい。

「迷宮のほうから新手が！　おそらく、その中には、オーガが二体います！」

　まるで見計らったように現れた魔獣の群れにたいし、ナルセーナが警告の声を上げたのは、そのときだった。

　ナルセーナの声に反応し、魔獣の群れに目を向ける。

　あの魔獣達が辿《たど》り着くまでに、ジークさんが目の前の二体のオーガと三体のオークを倒すのは無理だろう。

　だが、僕とナルセーナが加われば充分に可能だ。

　そう僕が判断したとき、ナルセーナはすでにジークさんの下へと走り出していた。

　その背に続き、僕も走り出す。

　あと数歩で三体のオークへと辿《たど》り着くかというとき、ジークさんにたいし激しい攻撃を放っている最中であったにもかかわらず、一匹のオーガがこちらに気づく。

「……アラテカ」

……目の前の魔獣は、今まで下層で戦ってきたオーガと違う。

そうはっきりと僕は理解する。

オーガの目に浮かぶ知性に、何より溢《あふ》れんばかりのオーラ。

たしかに目の前のオーガは、ジークさんが超難易度魔獣に匹敵すると称するだけの存在だ。

それでも、僕がオーガに恐怖や脅威《きょうい》を覚えることはなかった。

「ナルセーナ、オーガは僕に任せて」

「ガァァァァアアア!」

そう言って僕が前に出たのと、オーガが全力で僕に目掛けて拳を振り下ろしたのは同時だった。

僕の頭ほどもありそうな拳が、岩も簡単に砕きそうな威力で振り下ろされる。

それを僕は、あっさりと受け流した。

「……ッ!」

驚愕《きょうがく》と焦りが滲《にじ》むオーガの視線を受けながら、僕は改めて確信する。

「やっぱり、人型の攻撃は受け流しやすい」

自分にとって変異していてもオーガは脅威《きょうい》になり得ない。

オーガはたしかに、超難易度魔獣に匹敵するだけの魔獣だ。

超難易度魔獣と同じく、他の冒険者達では絶対に勝てないような存在だろう。

だが、今までヒュドラやフェニックスなどの超難易度魔獣と渡り合った僕にはわかる。

目の前のオーガは、怪力など一部の能力は超難易度魔獣に匹敵こそするが、ただそれだけ。

他の能力は超難易度魔獣と比べはるかに劣る。

「ガァァアアア！　ガァァァァアアア！」

そして、何より僕はオーガと相性が良かった。

オーガのラッシュを簡単に捌《さば》きながら、僕はその思いを強める。

オーガの強みは、その怪力にある。

変異したオーガに関しては、変異する前の超難易度魔獣に匹敵する異常な力を発揮《はっき》する。

それはたしかに脅威《きょうい》だと認めるべきだろう。

僕以外の冒険者なら。

「ガアアァァァァァァアアアアアアア！」

このままでは埒が明かないと判断したのか、雄叫びと共にオーガが僕に摑《つか》みかかってくる。

だが、今回僕はその攻撃を避《さ》けなかった。

代わりに、僕の身体を潰そうと締め付けるオーガの力に全力で抗う。

「どうやら、怪力勝負では僕のほうが上みたいだ」

――僕は簡単にオーガの腕を振りほどいた。
それは本来ありえるわけがない。
気と魔力という二つの力を扱《あつか》う、異常な身体強化を行える僕だからこそ可能なこと。
それが僕がオーガと相性がいい理由だ。
目の前のオーガは、僕の行動が信じられないと言いたげに呆然《ぼうぜん》と立ち尽くしていた。
そんなオーガを見ながら、僕は確信する。
目の前のオーガより、僕は強い。
その事実に、僕の胸に湧《わ》き上がったのは熱い感情だった。
必死に攻撃をいなすしかなかったときの僕とは違う。
「ガァァァァアアア！」
雄叫びと共にオーガがふたたび殴りかかってくる。
しかし、その拳はやぶれかぶれのものでしかなかった。
攻撃を受け流し、体勢を崩《くず》したオーガの心臓を短剣で貫く。
「ガァ！」
目に憎悪《ぞうお》を込めたオーガが僕へと手を伸ばしてくるが、抵抗はそこまでだった。
僕の身体を掴《つか》む寸前で、オーガが崩《くず》れ落ちる。

「オーガ程度なら、僕は負けない」

――ロナウドだけでフェンリルは充分だ。

戦闘前、師匠が僕達に告げた言葉が蘇《よみがえ》る。

その言葉は、僕達をオーガ討伐に集中させるためのものだったのだろう。

だが、考えていたよりもオーガの対処は難しくない。

だったら僕は、フェンリルの討伐に参加したほうが良いだろう。

「手早くオーガを討伐して、ロナウドさんを手伝うか」

……僕は、今の自分が師匠達の予想を超えて強くなっていると知るよしもなく。

第51話　第一次城壁防衛戦Ⅱ

オーガを圧倒するラウストの姿。

「……何だ、あれ？」

転移陣で城壁外に飛んできてからまず目に入ってきたこの光景に、〝俺〟はひきつった笑いを抑えることができなかった。

迷宮都市に来た最初、リッチの魔術を阻止するために全力で空を飛んでいたときは見ることができなかったラウストの戦い。

あのときと違い、今はじっくりとラウストの戦闘を眺《なが》めるだけの余裕があった。

だからこそ、わかった。

ラウストという存在の強さ、いや異常さが。

変異したオーガは、超難易度魔獣に力が及ぶ強敵だ。

記憶の中にあるラウストでは絶対に勝つことができないであろう存在。

なのに、ラウストはオーガを圧倒している。

それも、誰もが想像できないだろうやり方で。

「……ロナウドさん？」

ラウストに奪われていた意識が、隣から響いた声に引き戻される。

隣にいたライラが、驚きの顔でこちらを見つめていた。

どうやら、人前で感情を露《あら》わにしてしまうほど、自分は動揺《どうよう》していたらしい。

少し冷静さを取り戻した僕は、いつもの笑みを浮かべる。

「どうしてここに？　ライラの持ち場はオーク達と戦う冒険者達のほうだろう」

「独断ですが、私があそこにいなくても大丈夫と判断しました」

そう言ってライラが目を向けた場所では、冒険者達がオークやホブゴブリン達と戦っていた。

その戦況は決して悪くなく、たしかにライラがいなくても大丈夫だろう。

「だとしたら、私がやるべきことはジークがオーガを止められなかったときの備え。そして、新手が来た場合に冒険者達に知らせることかと考え、ここに来ました」

そう言って、僕の顔を見上げてくるライラに思わず素で笑ってしまいそうになる。

本当に、ジークはいい参謀《さんぼう》を仲間にしたものだと思う。

独断と言いつつも僕にその考えを聞かせたライラは、自分の経験不足を把握《はあく》しているのだろう。

だからこそ、自分の考えが間違えていないか指摘できる僕に意見を聞きに来ているのだ。

そう理解した上で、僕はライラの決断に何も言わない。

何も言わないことこそが、ライラにたいする何よりの返答になると理解していたから。

ただ無言で、ラウストのほうへと目をやる。

「少しお聞きしても大丈夫でしょうか」

そんな僕へと、ライラが遠慮がちに声をかけてくる。

「ジークから、ラウストには才能がないとロナウドさんが言っていたと聞きました。……どうしてなんですか？」

そのライラの言葉に、僕は思わず苦笑する。

ライラが、ラウストに才能があると勘違いしていると悟ってしまって。

「いや、ラウストには現在も才能なんてないよ」

「……え？」

人間という種族が神に愛された種族といわれる由縁《ゆえん》。

それはスキルがあるからだ。

その力はたしかに強力だが、それは決してスキル以外に戦う術《すべ》がないというわけではない。

スキルがない、ミストのようなエルフも戦う術《すべ》を持つし、それは他の種族も同じだ。

スキルがなくても魔力や気を扱《あつか》う方法はこの世界にある。

魔術によって魔力を扱《あつか》うことも、気で身体強化を扱《あつか》うことだって。

……しかし、その全ての技術においてラウストは無能だった。

魔力と気を扱《あつか》える。

それはラウストの唯一の特性、強みかもしれない。

だが、それ以外ラウストには何もなかった。

魔力と気、そのどちらもラウストが使えるとわかったとき。

ラルマと僕は、ラウストにスキルを使わずにも魔力と気を扱《あつか》うための技術を全力で叩き込んだ。

一流冒険者でさえ逃げ出すレベルで。

それでもラウストは必死に食いついてきた。

……にもかかわらず、ラウストはどれも初歩的な技術しか覚えられなかった。

「ほとんど傷も治せない《ヒール》。生活に役立てばいい規模でしか使えない魔術。スキルを使われれば、子供にすら勝てない程度の身体強化」

草原で戦うラウストを指さしながら、僕はライラに問いかける。

「そんな技術しか持たない人間のどこに才能を見いだせる？」

「……嘘」

呆然《ぼうぜん》と漏らした声が、ライラの内心を何より物語っている。

「……あれだけ凄い身体強化を扱《あつか》えているのに、ですか」

「あの身体強化が凄い？」

その言葉を、僕は鼻で笑う。

たしかに驚異的な力をラウストは発揮《はっき》しているが、その実、身体強化に限ってはあまりにも不安定だった。

僕には、気以外察知することはできず、魔力の動きなど一切わからない。

それでもその不安定な気の動きだけで、充分に理解できる。

あれは、戦闘に使える類の技術なんかではないことを。

少しでも操作を間違えれば、敵ではなく自分の身体を蝕《むしば》む類の技術だと。

「あんなのただの自爆技だ」

「自爆技……？」

「そうだな」

一瞬、不安定な気の状態について、どう言えば伝わるか悩む。

しかし、すぐにそんな思考が無駄だったことにすぐ気づく。

この状況において、ラウストの異常さを説明するのに必要なのは詳細な説明ではない。

単純な事実なのだから。

「もし一分絶大な力を発揮《はっき》できても、その直後動けないくらいに身体が破壊される力。そんな力があったとして、君は使うかい？」

「……え？　そう、ですね。日常的には使えないでしょうが、切り札としてなら考えるかもしれません」

「ああ、そうだろうね。それが普通の判断だ。だが、ラウストはその判断を下さなかった。あの強さはその結果だよ」

「……っ！」

ライラの顔に浮かぶ驚愕《きょうがく》の表情に、彼女が僕の言いたいことを察したことがわかる。

「わかったかい？　ラウストの身体強化を自爆技と言った意味が」

信じられず目をみはるライラに、僕は断言する。

「ラウストが使っているのは、本来一分間で身体を破壊しつくす身体強化だよ。才能とも呼べない、自爆技。それをラウストは使いこなしている」

戦っているラウストの動きからは、身体を負傷しているような様子は見えない。

だが、ここまで自爆技を極めるのには、少なからず身体を傷つけたのは明らかだ。

そして、自爆技と同義とも言える身体強化を行うラウストの技術は、当然のことながら超越している。

純粋な気を扱《あつか》う技術だけに限れば、ラウストは僕を超えているだろう。

気の動きを見る限り、魔力に関しても相当扱《あつか》えているに違いない。

呆然《ぼうぜん》とするライラをよそに、僕はちょうどオーガにとどめを刺すラウストを眺《なが》める。

本当に知りたくて仕方がない。

――どうすればたった数年で、技術だけとはいえ僕を超えられたのか。

「いつか聞かせてもらわないとな」

久々に感じる胸の熱さに、気づけば無意識のうちに口元がゆがんでいた。

ラルマが逐一《ちくいち》報告してくるせいで、僕はナルセーナとラウストの過去を知っている。

だからこそ、ナルセーナがどれだけ強くラウストを想っているかも、自然と理解できた。

その想いを胸に必死に研鑽《けんさん》を積んだからこそ、ナルセーナは一流冒険者でさえ敵わないほどに強い。

にもかかわらず、そんなナルセーナでさえ霞《かす》むほど、ラウストは研鑽《けんさん》を積んでいる。

その胸にあるのが何なのか、今はわかる。

どうやら、ラウストはナルセーナ以上に情熱的で一途な人間だったらしい。

「愛されているね、ナルセーナ」

そう呟《つぶや》いたとき、僕の胸に希望の明かりが灯る。

ラルマが城壁を築いたことで、迷宮都市に一筋の希望が差し込んだとはいえ、決して楽観視できる状況ではない。

冒険者達は逃げ出し、ギルド支部長は信頼できず、変異したフェンリルが押し寄せて来ている。

それだけで、迷宮暴走への対処を諦《あきら》め、逃げ出すレベルだ。

だが、ラウストがここまで使える駒であるならば、現状を打開できるかもしれない。

「……っ！　新手が」

呆然《ぼうぜん》としていたライラが、迷宮の方向を見て突然声を上げたのは、そんなことを考えていたときだった。

ライラ視線の先を見ると、迷宮のほうから新たな魔獣達が押し寄せてくることがわかる。

「私は冒険者達のほうに行きます」

「ああ。頼んだよ」

去っていくライラの背中を一瞥すると、改めて魔獣の群れに目を向ける。

魔獣の群れの先頭に、オーガの姿を見つけた僕は、思わず細めた目を少し見開く。

「明らかにオーガの出現具合が異常だな。いや、それでもナルセーナとラウストに任せれば大丈夫か？　フェンリルは、ジークと共にあたれば……」
徐々に傾き出した日を確認しながら、この分なら夜までに片がつくかなと思案する。
最悪夜になって戦う事態も想定してはいるが、この分なら避《さ》けることができるだろう。
僕が内心、安堵《あんど》を感じたとき、それはやってきた。
「……来たか」
その言葉と共に、僕は隣街ネルブルクの方角へと目を向ける。
そこから感じる強大な敵の気配に、魔剣に手が伸びる。
そして溢《あふ》れ出す興奮を抑えながら、隣街の方向を睨《にら》みつける。
それでも、僕の心には警戒こそあれ緊張はなかった。
今のこの状況ならば、フェンリルでも過度に恐れる必要はない。
「さて、手早く片付けないと」
そう呟《つぶや》きながら、魔剣を抜く。
そして、フェンリルを迎え撃つべく隣街の方向へと走り出そうとして。
……強敵の気配が一つでないこと気づく。
「どんな悪夢だ」
思わず悪態をつく。

しかし、悪態をつこうが目の前の光景が変わることはない。
遠くから徐々に強まる二匹の強大な魔獣の気配。
そして僕は、その姿を目にする。
「フェンリルと……グリフォン」
――迷宮暴走で現れた変異した超難易度魔獣は二体。
紫電を身体に纏《まと》うフェンリル。
空を飛びながら続く鷹《たか》の顔を持つグリフォン。
……それは、戦況が急転した瞬間だった。

第52話　第一次城壁防衛戦Ⅲ

オーガを倒した後、ナルセーナとジークさんのほうに目を向けると、すでにオークが三体倒されていた。

「……手を貸すまでもないか」

最後に残ったオーガも倒すまでは時間の問題だろう。

ジークさんとナルセーナの攻撃に晒《さら》され、傷だらけになっているオーガ。

念のためジークさんの下へと走っていくが、オーガは明らかに限界だった。

「ガァァァァ！」

オーガがナルセーナの一撃を受け、崩《くず》れ落ちる。

「助かった、ナルセーナ」

「いえ、私は少し手助けしただけですから。……お礼なら、オーガを一人で受け持ってくれたお兄さんに」

「そうだな。ラウストにも感謝しないと」

会話をするナルセーナとジークさんは、息を切らしていない。

ジークさんは、かなりの時間戦っていたはずなのだが……。

そんなことを考えながら、ナルセーナ達のもとに辿《たど》り着いた僕は会話に交じる。

「いえ、気にしないでください。ジークさんがオーガ二体を足止めしてくれたからこそですから。……ギルド直属冒険者になれば、こんなに凄いんですね」

「……オーガを一人で倒したラウストに言われてもな。本当にどんな怪力をしているのか」

その言葉に、僕は唇を緩《ゆる》ませる。

気と魔力による身体強化は、決して僕にとって誇《ほこ》るべき能力ではなかった。

けれど、今は違う。

ジークさんに認められ、僕は思わず笑みを浮かべる。

僕がジークさんと会話を続けていると、ナルセーナに突然腕を引っ張られた。

「ナルセーナ?」

ナルセーナを見ると、なぜか拗《す》ねたような表情をしていた。

「……なんで、さらに離して行くんですか。でも、すぐに追いつきますから」

その言葉に、僕は思わず苦笑を浮かべる。

やっぱり、ナルセーナは僕のことを上に見る節があると思いながら。

ただ、その根本にあるのが隣に立ちたいという自分とまったく同じ思いであることを僕は理解していた。

「遠くにいるオーガもさっさと倒してしまいましょう！　フェンリルが来る前に！」

いつになく、やる気を見せるナルセーナがオーガを指さす。

その判断は衝動的《しょうどうてき》なものにも見えなくはなかったが、フェンリルが来る前にオーガを倒すという判断は決して悪いものではなかった。

魔獣の群れの中に突っ込むのはリスクがあるが、フェンリル討伐の際に少しでも早くロナウドさんに協力できるのは重要なことなのだから。

そう判断したとき、圧倒的な強敵の気配に気づく。

「……お兄さん」

「うん、思っていたよりも早く来たね」

隣街ネルブルクの方向。

圧倒的な気配を感じるその方向に目を向けながら、僕はナルセーナの言葉に頷《うなず》く。

もう少し後であってほしかったが、そううまくはいかないらしい。

とはいえ、状況はかなり良かった。

残りのオーガを倒すまでに、そこまで時間はかからないだろう。

すぐにロナウドさんに加勢して、フェンリルと戦えるはずだ。

そう安堵《あんど》しかけた僕だったが、ナルセーナの顔に浮かぶ険しい表情に気づき、何かあるのかと隣街ネルブルクの方向を注視する。

「二体、来てます」

「……っ！」

こちらに凄い勢いでやってくる影。

それが一つでないことに、僕も気づく。

そのうち一体が、空を飛んでいることにも。

「グリフォンだと……！」

呆然《ぼうぜん》と呟《つぶや》くジークさんの言葉に、僕は呆然《ぼうぜん》と目をみはる。

……それは、一気に状況が悪化した瞬間だった。

変異した超難易度魔獣二体でも、ロナウドさんなら対処できるかもしれない。

しかし、城壁を守りながら戦わねばならないことを考えれば、難易度が跳ね上がる。

いくらロナウドさんでも、できるとは思えない。

「報告じゃフェンリルだけだって言ってたのに！」

「超難易度魔獣一体で異常なのだが……」

苛立《いらだ》たしげに二体の超難易度魔獣を睨《にら》むナルセーナ。

そして、青ざめた顔をしているジークさん。

その二人の態度が、現状の悪さを物語っている。

そんな中で、僕はいやに自分が冷静なことに気づいていた。

「どうやら、逃げてきた冒険者の言葉に誤《あやま》りがあったらしい」

誰かが近寄ってくる気配を感じて目を向けると、そこにはロナウドさんの姿があった。

その顔にはいつもと変わらぬ表情が浮かんでいたが、らしくない張り詰めた空気を感じる。

ロナウドさんにとっても、今の状況は想定していなかったものなのだろう。

「僕ともう一人でできるだけ早く、空を飛ぶグリフォンを……。いや、無理だ。ジークなら、いや……」

ロナウドさんの言葉は、いつになく歯切れが悪かった。

フェンリルとグリフォンは大きな脅威《きょうい》なのは間違いないが、脅威《きょうい》はそれだけではない。

迷宮都市に逃げてきた冒険者の話では、フェンリルの他にもオーガなどもいたと言っていた。

それに、いまだ魔獣が残っているこの場から、僕達三人をフェンリルとグリフォンの討伐へと向かわせることはできないのだ。

現状、明らかに戦力が不足している。

「ロナウドさん、少しいいですか？」

だけど、どうにかしないといけない。

こんな空気の中口を開いたことで、僕にロナウドさんとジークさん、そしてナルセーナの視線が集まる。

その視線を受けて、一瞬本当にこの言葉を言っていいのか、という思いが頭をよぎる。

だが、迷いは一瞬だった。

「ああ、なんだい？」

ロナウドのさんの問いに、僕は覚悟を決める。

「以前、僕にフェンリルを足止めしてほしいと言ったことを覚えていますか」

——君なら、フェンリルを足止めできるかい？

それは、逃げだした冒険者からフェンリルが現れたことを知った後、ロナウドさんが僕に向けた問いかけ。

あのときはミストが突然現れたせいで、答えを言うことはなかった。

だが、あのときすでに僕は答えを決めていた。

「……その質問がどうかしたのかい？」

ロナウドさんの糸目に見据えられたような感覚と共に、ここでその言葉を言ってしまえばもう引き返すことができない。

だけど、もう覚悟は決まっている。

「できます。僕が、他の全員の戦闘が終わるまでフェンリルを受け持ちます」

僕の言葉に、ジークさんとナルセーナが呆然《ぼうぜん》とこちらを見てくるのがわかる。

しかし、ロナウドさんは一切表情を変えなかった。

数秒の間、僕を見定めるように眺《なが》めた後、口元に笑みを浮かべて僕の肩を叩く。

「僕はグリフォンを抑えるだけで精一杯だ。頼んだよ」

ロナウドさんの言葉に、僕は無言で頷《うなず》く。

そんな僕に満足そうに笑い、ロナウドさんは超難易度魔獣の方向へと歩き出す。

それは、まるで僕の実力を認めてくれたようにも見えるが、そんなことはないことを僕は理解していた。

ロナウドさんが歩いていった方向を見ると、フェンリルとグリフォンは随分近くまで迫ってきていた。

間もなく、城壁に辿《たど》り着くだろう。

超難易度魔獣のスピードは、思っていたよりも大分速い。

かつてヒュドラも大分速かったはずなのだが、それよりも数段速いのではないのだろうか。

ロナウドさんが僕にフェンリルを任せたのは、超難易度魔獣が来るまで時間がなかったからだと僕は理解していた。
本当に僕がフェンリルを足止めできるかなんてロナウドさんは考慮していないだろう。
僕にだって、一人でフェンリルを足止めできる自信なんてない。
ナルセーナと一緒なら、僕にはフェンリルでもグリフォンでも倒せる自信はある。
だが、一人で確実に足止めできるなんて思っていない。
ヒュドラと戦ったことがあるからこそ、僕は決してそんな考えを抱いていない。
それでも、フェンリルを足止めできなければ全てが終わる。
だったら、逃げるなんて選択肢はない。
それに、おそらく自分が一番足止めに向いているだろうという冷静な考えもあった。
これまで僕は、常に格上と戦ってきた。
変異したフェンリルの足止めという分野に限っていえば、僕が適任だろう。
それが、僕がフェンリルの足止めを決めた理由。
そうだと、僕は思い込んでいた。
「……お兄さん」
なのに、その声が聞こえた瞬間僕は気づいてしまう。
足止めを決めた一番大きな理由は、全然違うことに。

声のほうへと目を向けると、そこには顔を俯《うつむ》かせたナルセーナの姿があった。

ただ名前を呼ばれただけなのに、僕はナルセーナの内心を理解できてしまう。

本当なら、僕と一緒にフェンリルと戦いたいことを。

だが、二体の超難易度魔獣のあとには新たな魔獣がくるはずだ。

その中に、リッチのような魔術を使う魔獣が現れた場合、真っ先に倒さなくてはならず、そのためにはナルセーナが必要だ。

それがわかっているからこそ、ナルセーナは何も言えずにいる。

そして、フェンリルという強敵相手に協力できないことを明らかに気に病んでいる。

その内心を理解し、僕は思わず苦笑していた。どれだけ僕がナルセーナを頼りに思っているか、気づいてしまったからこそ。

僕はその気持ちをナルセーナに伝えることを決める。

「そのナルセーナ。……少し髪を触らしてもらっていいかな」

「え？　あ、その、お兄さんならいつでも」

「……ありがとう」

戸惑いを浮かべながらもナルセーナは許可してくれる。

僕はナルセーナの髪におそるおそる手を伸ばす。

綺麗《きれい》なサファイアの髪はとても触り心地が良かった。

徐々に赤くなっていくナルセーナの顔に、自分も羞恥《しゅうち》を覚える。

だが一方で、緊張していたはずの自分の心が落ち着いていくのにも僕は気づいていた。

「……情けない話だけど、どうやら僕は一人でフェンリルと戦うと言いながら、無意識のうちにナルセーナのことを頼っていたみたいだ」

その気持ちこそが、ナルセーナに声をかけられた瞬間に、僕が気づいたことだった。

一人で戦うと周囲に言いながら、僕の胸の中にはナルセーナの存在があった。

フェンリルには僕一人で挑む。

ナルセーナと一緒に同じ敵と戦うわけではない。

それでも、ナルセーナが近くにいるというだけで、僕は思ってしまうのだ。

「――何があっても、そばにナルセーナがいるなら負けない、って」

……思いを寄せる女の子にたいして、情けないことを告白しているような気になる。

それでも真剣に、僕は言葉を重ねる。

「事後承諾になってしまうんだけど、今回もナルセーナに甘えさせてもらうね」

俯《うつむ》いたナルセーナが、小さな声で返答したのは、それからしばらくのことだった。

「……卑怯ですよ。そんなこと言われたら、フェンリルを一人で倒すと言ったこと、怒れないじゃないですか」

まるで僕を責めるような上目遣いで、ナルセーナは僕の顔を見上げる。

だが、その口元は緩《ゆる》んでいて、ナルセーナの複雑な内心を物語っていた。

その緩《ゆる》む口元を抑えるように、表情を真剣なものに変えナルセーナは口を開く。

「でも、私は誤魔化《ごまか》されませんからね。後でお説教しますから！」

「誤魔化《ごまか》したつもりはないけどね」

「……っ！　い、言い訳は聞きません！　私はオーガ達を殲滅《せんめつ》してきますから！」

僕の言葉を受けて、ナルセーナはまるで顔を隠すように後ろを向いて、走り出そうとする。

だが、数歩歩いたところでナルセーナは止まった。

「できる限り早くオーガ達を殲滅《せんめつ》して、後から来る魔獣もすぐに倒して、お兄さんの所に行きますから。待っていてください」

僕の顔を窺《うかが》うように振り返ったナルセーナは、自慢げな笑顔をしていた。

「私は頼りになる女ですから！」

その言葉を最後に、ナルセーナは魔獣の群れへと走り出す。

僕の顔に集まった熱はナルセーナが去ってからも、中々引かなかった。

「なんというか……、邪魔だったみたいだな」

「……すいません」

恥ずかしい所を見せてしまったのではないかと僕が思い至《いた》ったのは、背後から声が響いたときだった。

「いや、モチベーションアップは大切だし、何も言うつもりはない」

僕を気遣うようにそう言ってくれるが、ジークさんの顔に浮かんでいるのは呆《あき》れ顔だった。

けれど、その顔はすぐに笑顔になる。

「まあ、忘れ去られていたことには言いたいこともあるが今はいい。こっちもできるだけ早く片付ける。足止めは頼んだぞ」

そのジークさんの言葉には、僕への信頼がこもっていた。

「はい。お願いしますね」

その信頼に応えるように僕は笑うと、ロナウドさんの向かった方向へと走り出す。

ロナウドさんのほうへと顔を上げると、フェンリルとグリフォンはもうすぐそこまで迫っていた。

フェンリル。紫電を纏《まと》う強大な狼は、圧倒的な威圧感を周囲に放っていた。

異常とも感じられる速度でこちらへと近づいてくるその姿に、自分が恐怖を抱いていることに気づく。

しかし、僕の胸にあったのは恐怖だけじゃなかった。

ナルセーナの自慢げな笑顔が、脳裏に貼り付いている。

それを思い出すだけで緩《ゆる》む口元を感じながら僕は思う。

恐怖さえ薄れるような、熱い感情を覚えながら僕は笑う。

「今なら、一日でも足止めできそうだ」

その言葉に反応したわけではないだろうが、フェンリルの双眼がこちらを向く。

僕を厄介な敵と判断したのか、それとも一瞬で倒せると考えたのかはわからないが、フェンリルの目に宿った敵意が僕を見つめる。

「Ｆｉ――――ｉ！」

雄叫びと共にフェンリルが僕の方向へと飛び込んでくる。

どんどんと大きくなる巨体を目にしながら、僕は短剣を構える。

「少しの間、僕の相手をしてもらうよ」

そして、戦いが始まった。

「Ｆｉ――ｉ！」

雄叫びを上げたフェンリルが一気に加速した。

身体を覆《おお》う紫電が明るさを増し、殺気が膨《ふく》れ上がる。

このまま突撃してくるつもりだと理解したとき、フェンリルはすでに僕の近くまで迫っていた。

「速すぎる……！」

いつ戦闘が起きてもいいように構えていたし、身体強化も行っていた。

それでも、もう避《さ》けられないところまで一瞬で距離を詰めてきたフェンリルに、僕の顔がゆがむ。

もうどうやっても、突撃の範囲からは逃げられない。

「こんなことなら、丸盾でも持ってくれば良かった！」

防御は無理と判断した僕は、前へと踏み込む。

真正面へと踏み込んだことで、さらなる速さでフェンリルの頭が僕へと迫ってくる。

その鼻へと、僕は真横から全力で拳を叩きつける。

「Ｆｉｉｉｉ！」

今までの雄叫びとは違う甲高い声を上げ、フェンリルが顔を背けた。

結果、フェンリルの突進は大きく進路を逸《そ》れ、何とか僕は突進の直撃を避《さ》けることに成功する。

だが、突進を完全に避《さ》けることはできなかった。

「がっ！」

軽く当たっただけにもかかわらず、衝撃に耐えきれず僕は遥《はる》か後方へと吹き飛ばされる。

それだけではなく、フェンリルを殴りつけたほうの腕が折れていた。

身体強化したとしても、フェンリルを殴りつけて腕が無事だとは思ってはいない。

それでも、想像を超えるフェンリルの力に自然と口がひきつる。

もし、あのとき真正面から短剣で切りつけていれば、フェンリルに手傷を与えられたとしても、僕はそれ以上の大きな傷を負っていただろう。

「オーガなんて比べ物にならない力だな」

フェンリルが、身体能力に優れた魔獣であることを僕は知っていた。

その巨体を覆《おお》う紫電は、さらにフェンリルの身体能力を大幅に引き上げる。

雷速という名の所以は、その身体強化した上での異常な速度だ。

フェンリルという魔獣は、ただ純粋に速い。

それは単純でありながら、強力無比な能力だった。

「Ｆｉ――――ｉ！」

……そんなフェンリルが変異すれば、どれだけ厄介なのか。

立ち上がったフェンリルの姿を見て、僕は理解する。

双眸《そうぼう》に怒りを受かべ僕を睨《にら》むフェンリルには、大したダメージは見られなかった。

狼なら急所であるはずだろう鼻に、腕を犠牲にして攻撃したのにもかかわらず、だ。

こんな相手を足止めできるのか？

「《ヒール》」

頭に浮かんだ不安を僕は強引に頭の中にしまい込み、魔道具を使って傷を治す。

前と変わらず動く腕を確認し、僕は無理矢理笑う。

「フェニックスと違い、雷が鎧《よろい》になるわけでもない。なんだ、悪くないな」

そして強がりを口にする。

相手は自分にたいして怒りを抱いているし、足止めをするのにこれ以上の条件はない。

そう自分に思い込ませながら、僕は構える。

「Ｆｉ――――――ｉ！」

ふたたび雄たけびを上げフェンリルが僕へと迫ってくる。

さきほどの攻撃を警戒しているのか、フェンリルは勢いと素早さを存分に活かし、鋭い爪で攻撃してくる。

それを僕は短剣で受け流そうとする。

「いっ……！」

……しかし、完全にフェンリルの爪を受け流すことはできなかった。

フェンリルの爪が僕の胸に、かすり傷というには深すぎる切り傷を刻みつける。

咄嗟《とっさ》に受け流しが不完全だったことに気づき身をよじらなければ、もっと深い傷だったかもしれない。

胸から感じる痛みに、僕は唇を噛《か》み締める。

変異したフェンリルの足止めが、どれだけ自分の身に余る事態なのかを理解して。

「やっぱり勝てないか……」

……全てが、僕の想像通りに進んでいた。

もしここで、その上で策がある、なんて話であればどれだけ良かったか。

しかし、違う。

ただ、僕はこのままではフェンリルの攻撃に対処できなくなるのを理解していただけだった。

決して不可能だとは思っていなかった。

僅かでも可能性がないのならば、僕はロナウドさんに自らフェンリルの足止めを言いだしたりはしない。

今までとは比較にならないレベルで扱《あつか》えるようになった身体強化。

それがあれば、フェンリルの足止めをできると思っていた。

それがフェンリルを足止めすると申し出た僕の見つけた勝算だった。

魔力探知では、圧倒的なフェンリルの攻撃を捌《さば》くことはできない。

それでも、魔力探知で相手の行動を完全に把握《はあく》していなくても、僕は今までの経験で、ある程度格上の攻撃でも受け流すことができる。

そして、いくら驚異的なフェンリルの身体能力であれ、気と魔力による身体強化があれば何とかなると思っていた。

……気と魔力による身体強化が格段に扱《あつか》えるようになった今なら。

僕の想いなどお構いなく、フェンリルは容赦ない攻撃を浴びせてくる。

「Ｆｉ――――ｉ！」

受け流し損ねたフェンリルの牙が、僕の脇腹を傷つける。

内臓に届くような深い傷ではない。

だが、徐々に体力が失われていく。

「《ヒール》」

何とか、攻撃の衝撃を利用して距離を取った僕は魔道具で傷を治す。

魔道具による《ヒール》は瞬く間に僕の傷を治すが、僕の顔から険しさは消えない。

今はまだ《ヒール》をかけることで凌げている。

だが、それも長い時間持たないのは明らかだった。

都合よく《ヒール》を使えるだけの距離を取れるともわからない。

そもそも《ヒール》を使うために必要な魔道具にも限りがある。

そして、もし致命的な一撃を喰らえばその時点で終わりなことを、僕は理解していた。

大きな傷で動きが鈍るようになれば、もう僕が《ヒール》を扱《あつか》えるだけの距離をとることはできなくなる。

今までは、何とか必死に大きな傷だけは避《さ》けているが、いつまで続くか。

僕に考える時間までは与えないというように、フェンリルの巨体が迫ってくる。

「Ｆｉｉｉ――――！」

「ぐっ！」

思考に意識を割いていたせいか、今回の攻撃に僕は反応できなかった。

勢いが込められたフェンリルの爪を、避《さ》けきれず腹部に受ける。

何とか爪と自分の身体の間に短剣をねじ込むが、それが僕にできた唯一の抵抗だった。

短剣で、何とか爪で腹部が切り裂かれることを避《さ》けるが、衝撃までは殺せない。

「……ぐっ！」

ゴロゴロと、僕の身体は地面を派手に転がっていく。

そのお陰で、幸運にもフェンリルとの距離をとることに成功し、《ヒール》を発動。

何とか治癒に成功する。

しかし、その代償にどんどんと魔道具が減っていく。

……もう数分、足止めできるかどうか。

そんな焦燥《しょうそう》にかられる僕を、フェンリルはじっとうかがっている。

フェンリルの目には、僕を嘲《あざけ》るような気配がうかがえる。

それもそのはず、攻撃の手を止めたフェンリルは、まったく消耗しているようには見えない。

その一方で、僕はもうボロボロだった。

「Ｆｉ―――ｉ！」

まるで勝利を確信したかのようにフェンリルが雄叫びを上げる。

その雄叫びに負けまいと、僕は気力を振り絞りフェンリルを睨《にら》みつける。

だが、勝負の行方はすでに見えている。

変異したフェンリルは、僕の想定していたよりもはるかに強かった。

……しかし、それ以上に致命的だったのは、身体強化による動きにくさだった。

壁を越えたことでたしかに僕の身体強化は、以前までとは比較にならないほど動けるようになった。

身体に負荷の少ない身体強化であれば、身体強化のないときと比べても少しの差異だけで動けるほどに。

だがその少しの差異が、自分よりも格上の敵相手には致命的だった。

「どうしようもないな」

いまさらながら、自分の愚《おろ》かさに気づく。

身体強化で強くなった肉体を持て余している状況で、どうしてフェンリルの攻撃を受け流せると思ったのだろうか。

「……今の僕には、フェンリルの足止めなんて不可能か」

そう呟《つぶや》いたとき、僕はもっとこの現実に自分が堪《こた》えると思っていた。

ロナウドさんにたいして自分から足止めすると申し出た上でのこのざまだ。

情けないことこの上ない。

なのに、そのことをはっきりと口にした今でなお、僕の胸を恐怖や不安が支配することはなかった。

「あぁ。……本当に僕は」

ずっと変わらず胸の中で存在を主張し続ける「それ」をあらためて意識する。

「ナルセーナを好きすぎないか」

フェンリルの圧倒的な力を目にしても。

自分の想定の甘さに気づいても。

フェンリルに追い詰められていても。

――その全てのときにおいて、僕の胸を支配していたのは、溢《あふ》れんばかりのナルセーナへの熱い思いだった。

「F・i――i！」

機嫌悪そうに、こちらを睨《にら》みつけるフェンリルの双眸《そうぼう》と目が合う。

その目に浮かぶのは不機嫌そうな感情。

フェンリルは、この状況においても絶望する様子のない僕にたいし、苛立《いらだ》ちを覚えているかのようだ。

「F・i――――i・i！」

今度こそ恐怖のどん底に落としてやると言いたげな雄叫びと共に、ふたたび僕のほうへと向かってくる。

フェンリルの身体を覆《おお》う紫電が一際《ひときわ》強い輝きを放つ。

僕は、次のフェンリルの攻撃が、今までにない強力な一撃だと理解する。

なのに、僕はまるでフェンリルのことに関して考えていなかった。

頭を支配するのは、かつての記憶。

身体強化を手にするため、必死に足掻いていた日々の記憶。

「……っ！」

勢いよく迫る爪を短剣で受け流そうとするが、圧倒的な力に受け流しきれず腕に深い傷を負う。

痛みが脳裏を貫き……それでも僕は笑う。

「この程度、あのときと比べれば」

身体強化を扱《あつか》うため必死に足掻いていたとき。

あのときは、もっと酷い傷を負うことなど日常茶飯事《にちじょうさはんじ》だった。

気と魔力を使う身体強化は、制御を間違えれば自分の身体が自壊する。

死にそうな目にあったことなど、百や二百ではなかった。

それでも僕は、その技術を超難易度魔獣と戦えるまでに鍛《きた》え上げた。

全ては、かつて僕の心を救ってくれた少女を自信を持って迎えるために。

本当に少女が来てくれるか、確証なんてなかった。

それどころか、来てくれないだろうと心の底では思っていた。
だけど僕は、その少女のために気と魔力による身体強化をものにした。
だったら、今はどうだ？
「Ｆｉｉ――ｉ！」
フェンリルがたたみかけるように、その牙で襲い掛かってくる。
僕はそれを身をよじって避《さ》けるが、大きく体勢を崩《くず》してしまう。
勝利を確信したように、フェンリルの口元がゆがんだ。
鋭い爪を、僕に向ける。
このままでは僕は、フェンリルの爪に身体を裂かれてしまう。
フェンリルの爪をまともにうければ、死は避《さ》けられない。
しかし、それを理解してもなお、僕は怯まない。
間近に迫った死を、真っ向から立ち向かうように睨《にら》みつける。
以前の僕は、一人の少女の存在のために限界を超えることができた。
来るかどうかもわからないと知りながら。
「だったら今、限界を超えられないわけがないだろうが！」
脳裏には、いまだナルセーナの自慢げな笑みが焼き付いている。

かつて自分を救ってくれた少女が、自分と一緒に戦ってくれている。

過去の自分がありえないと思っていた未来が、今成り立っているのだ。

ならば、その未来を守るために、限界の一つや二つ超えられないわけがない。

極限の状況で、思考が加速していく。

フェンリルのほうが実力は上、足止めなんて今の僕では不可能。

そんなことどうだっていいのだ。

大切なことは、今フェンリルを足止めしなければならないということだけ。

「……ぐっ！」

身体が悲鳴を上げるのを無視し、僕は強引に体勢を立て直す。

頭の中に、身体強化を戦闘で扱《あつか》うために試行錯誤《しこうさくご》していた記憶が蘇《よみがえ》ってくる。

かつてない激しい頭痛が襲ってくるが、これまでにない集中力でそれを無視し、フェンリルの攻撃を受け流すための行動を必死に計算する。

額《ひたい》に異物感と、何かが自分の身体を抑えているような感覚を僕が覚えたのは、そのときだった。

まるで鎖のように強固な何かが自分の身体を覆《おお》っているのを感じる。

だがそれを無視して、僕は吠える。

「があぁあああ！」

自分を抑えている何かを、僕は強引に無視する。

そして、全力で短剣をフェンリルの爪へと叩きつける。

僕の短剣と爪がぶつかり、双方の動きがとまる。

「Ｆｉｉ――ｉ」

フェンリルは驚きにも似た悲鳴を上げると、身体を覆《おお》う紫電の量を増やし咄嗟《とっさ》に後ろへと飛び跳ねる。

そのフェンリルの行動に、僕は淡々《たんたん》と呟《つぶや》く。

「遅いよ」

ピシリ、そんな音を響かせフェンリルの爪に亀裂が入る。

それは、僕が初めてフェンリルの身体にダメージを与えた瞬間だった。

僕の身体の周囲を今までにない濃密な魔力と気が覆《おお》っていて、額《ひたい》からはむず痒さを感じる。

自分の身に何が起きたのか、実のところ僕も正確に理解したわけではなかった。

ただ、一つだけ確信できることがあった。

――自分は、また壁を越えたと。

唖然《あぜん》とした様子で折られた爪を眺《なが》めるフェンリルの姿に、僕は強引に笑みを浮かべる。

「……まだ僕のほうに留まってもらわないと」

その言葉に反応したフェンリルの顔には、明らかな動揺《どうよう》が存在していた。

第53話　第一次城壁防衛戦Ⅳ

「Ｆｉ――――ｉ！」

フェンリルが動揺《どうよう》していたのは、一瞬のことだった。

雄叫びをあげ、その双眸《そうぼう》を僕にたいする憎悪《ぞうお》に染め上げたフェンリルは僕との距離を詰めてくる。

だが、そのフェンリルの姿に、以前のような威圧感を覚えることはなかった。

僕を攻撃範囲に捉えたフェンリルが、牙を向けてくる。

それと同時に、僕も動き出す。

今まで散々僕の身体を切り裂いてきた牙。

僕はそれを、短剣を添わせるようにして背後に逸《そ》らす。

圧倒的な力をもつ牙を完全に受け流すことができず、僕の身体に傷をつける。

しかし、さきほどまでとは違い、大きな傷を僕の身体につけることなく、フェンリルの牙は身体から逸《そ》れていく。

それは、完全ではないが、僕が初めてフェンリルの攻撃を受け流せた瞬間だった。

後ろに逸《そ》れていくフェンリルの顔に、驚愕《きょうがく》が浮かぶ。

視界の端で、一瞬だけそれを確認した僕の胸に達成感が浮かぶ。

けれど、フェンリルが僕に喜びに浸る時間を与えてはくれなかった。

「F・i――――i！」

僕に攻撃を受け流されたにもかかわらず、フェンリルは止まらなかった。

紫電によって強化された力で強引に体勢を変え、僕へと無事なほうの爪を振りかぶる。

その攻撃に、僕は思わず笑みをこぼす。

これまで以上のフェンリルの攻撃の苛烈さは、僕をはっきりと脅威《きょうい》だと判断した証だと理解して。

強引に体勢を変えたせいか、フェンリルの振り下ろす爪には、お世辞にも勢いがあるとはいえなかった。

だけどフェンリルの爪には、オーガとは比べものにならないだろう力がある。

この攻撃を完璧に受け流すことはできない。

そう判断した僕は、前へと全力で跳んだ。

ゴロゴロと転がって勢いを殺しながら起き上がると、今まで僕がいた場所にフェンリルの爪が叩きつけられていた。

反応が少しでも遅れていれば、僕の身体にはあの爪が叩き込まれていた。

「Ｆｉ――ｉ」

僕を睨《にら》むフェンリルと目が合う。

その目には、僕にたいしての憎悪《ぞうお》が浮かんでいる。

けれど、その奥に憎悪《ぞうお》以上の戸惑いがあることに僕は気づいた。

「Ｆｉ――――ｉ！」

戸惑いから目を逸《そ》らすように、雄叫びと共に攻撃を繰り出してくるフェンリル。

その攻撃をぎりぎりで受け流しながら、僕は内心でフェンリルの戸惑いに同意する。

自分の変化に一番戸惑いを感じているのは、僕自身なのだから。

「……っ！」

フェンリルの爪を短剣で受け流す。

爪がかすり服が破れるが、僕の身体を傷つけることなく逸《そ》れていく。

少しでも力加減を、そして計算を間違えれば、フェンリルの爪は僕の身体を切り裂くだろう。

最悪、身体を両断されてもおかしくはない。

余裕など、ありはしない。

一歩間違えれば、僕はフェンリルに殺される。

でも、明らかに流れが変わっていた。

徐々に僕の受け流しの精度が上がっていく。

僕自身、何が起きているのかを理解していないまま。

むず痒がった額《ひたい》から、今はじくじくと痛みを感じる。

痛みを感じながらも僕は、自分の周囲を覆《おお》う魔力と気を意識する。

今まで、あれだけ身体強化の習得に苦労したのが嘘のように、僕は魔力と気を自在に扱《あつか》っていた。

——だけど、どうしてこんな風に容易く身体強化を使いこなせるのか、僕自身は理解していなかった。

今までできなかったことがおかしかったように、少し意識するだけで身体強化を自由に扱《あつか》うことのできる気と魔力。

まるで僕の脳が増えて魔力と気をコントロールしている、そんな感覚を覚える。

今起きている現象は、かつて変異したヒュドラとフェニックスとの勝負の後、突如身体強化を扱《あつか》えるようになったときと似てはいる。

しかし、あのときと比べて明らかに異常だった。

ひとまずそんな考えを頭から追い払い、僕は笑う。

自分の身に何が起きていようがどうだっていい。
今僕に必要なのは、フェンリルを足止めすること。
それだけなのだから。

「Ｆｉ――――ｉ！」
フェンリルの攻撃を捌《さば》きながら、僕は笑う。

一体、戦い始めてどれだけの時間が経ったのか。
短くはないはずだ。
あとどれだけ足止めすればいいか正確にはわからない。
だが決して長くはないだろう。
あと少し時間を稼げば誰かがやってくる。
そうなれば僕の役目は終わる。
最初は不可能にも感じたフェンリルの足止めが終わる。
その思いを動力に、僕はさらにフェンリルの攻撃を捌《さば》くことに集中していく。
――草原に、突然の轟音が響いたのはそのときだった。
「……っ！」

あまりの音に、僕とフェンリルの動きが止まる。

フェンリルに全てを集中していた僕は、気づいていなかった。

後ろに広がる光景が、凄惨《せいさん》な戦場となっていることに……。

「……何、が」

轟音に思わず周囲を見回した僕の目に飛び込んできた光景は、あまりにも壮絶だった。

冒険者と戦っている魔獣の数が、いつの間にか倍以上になっていた。

戦場に起きた変化はそれだけではない。

地面に穴を作りながら進むワームに、ホブゴブリンに、他の迷宮にしか出ないはずのエルダーコボルド。

その他様々な魔獣達が冒険者達と凄惨《せいさん》な殺し合いを広げていた。

だが、僕の目を奪ったのはその魔獣達ではなかった。

冒険者達の集団から離れ戦闘を繰り広げる人影。

草原の奥にナルセーナとジークさんの姿が見える。

そこには、リッチとそれを守る複数のオーガの姿があった。

それも、十体は超えるだろうオーガの姿が。

……そしてその奥の迷宮の方向からは、さらにやってくるオーガの姿がある。

草原に溢《あふ》れるような魔獣達の光景を、僕は唖然《あぜん》と見つめることしかできなかった。

「どうして、これだけの魔獣が……」

ぽつりと漏れ出た言葉には、隠しきれない動揺《どうよう》が込められていた。

おそらくさきほどの爆発音は、リッチによるものだろう。

爆発地点に血がないことを見る限り、何らかの方法でナルセーナ達が防いでくれたに違いない。

ナルセーナ達なら乗り切ることができる、そう信じていないわけではない。

それでも想定外の事態に、僕はナルセーナ達のほうに意識を奪われてしまう。

「くそ！」

……今はナルセーナ達に意識を奪われているわけにはいかない。

自分の間違いに気づいた。

一瞬の判断ミスが致命的になることを僕は知っている。

……僕が相手をしているのは、あのフェンリルなのだから。

ナルセーナが危機に陥っているならば、なおさら僕はフェンリルを引き止めなければならない。

一瞬でも気を逸《そ》らした自分を恨みながらフェンリルに視線を戻す。

自分の近くまで迫っているだろう、フェンリルの牙を、そして爪を想像しながら。

「……どうして動いていない」

だからこそ、まるで動いていないフェンリルの姿に動揺《どうよう》を隠せなかった。

さきほどの僕は明らかに隙《すき》を晒《さら》していた。

あのときに攻撃されれば、反応できたかわからない。

そうなれば、運が悪ければ僕は重傷を負っていただろう。

なのになぜ、フェンリルは攻撃を選択しなかった？

不安に襲われた僕は、周囲へと視線を走らせる。

「……なっ⁉」

そしてナルセーナ達を振り切り、二体のオーガが僕の方向へと向かってくることに気づく。

死んだ冒険者から奪ったのか、大剣と短剣を握りしめ走る二体のオーガは、明らかに僕に向かってきていた。

必死にナルセーナとジークさんが止めようとしているのが見えるが、リッチとオーガに阻《はば》まれ、オーガに手を出すことができない。

「Ｆｉ――ｉｉ」

まるで僕を嘲笑うかのような叫びを発し、フェンリルが僕を見ていた。

背筋に冷たいものが走り、僕の頭にある考えがよぎる。

……このフェンリルが、あのオーガ達を呼び寄せたのか、という考えが。

いくら変異した超難易度魔獣でも、他の魔獣に指示が出せるなんて聞いたことがない。

そう否定する自分がいる一方で、フェンリルがオーガに指示を出したのは間違いないと確信している自分がいる。

フェンリルが、隙《すき》を晒《さら》した僕を攻撃しなかったのは、確実に殺すため。

つまり、オーガ達を呼び寄せるためだったのではないか？

だけど僕に、その可能性を深く考察する時間は与えられなかった。

「Fi――――i！」

「くっ！」

フェンリルの猛攻がふたたび僕に襲い掛かる。

僕はまた攻撃を受け流すだけで精一杯の状況に陥る。

さきほどまではフェンリルの攻撃に耐えていればよかった。

けれど今は、フェンリルの攻撃を耐えているだけでは、いつかあのオーガ達が攻撃に参加してくる。

……そうなれば、僕に勝ち目はない。

フェンリルの攻撃を捌《さば》き続けながら、僕の胸の中には焦りが募っていく。

「……いや、多対一は僕の得意分野だ」

だがその焦りも一瞬のこと。

僕は、悲観的な考えを強引に胸の奥に押し込む。

多対一なら、同士討ちを狙える。

うまくいけばフェンリルの動きも鈍り、逆に足止めしやすくなるかもしれない。

それがただの幻想でしかないことを僕はわかっていた。

フェンリルに加え、オーガ二体相手にできるかなんて、到底無理な話だ。

けれど、今はそれにしか賭けることができない。

少なくとも、フェンリルの攻撃をオーガに当てれば、オーガを戦闘不能にできるかもしれない。

……それが僕がこの場を切り抜ける唯一の方法だろう。

そう判断すると、フェンリルの攻撃によって徐々に増えていく傷を無視して、オーガに意識を向ける。

そして、近づいてくるオーガ達のほうへと、フェンリルの攻撃を避《さ》けながら徐々に移動していく。

とにかく、最初の一撃でオーガを一体でも戦線離脱させなければ。

できれば大剣を持っているほうがベストだが、とにかく一体は確実に倒す。

そう決意をかため、タイミングを計るべく一瞬フェンリルへと視界に入れる。

「…………っ！」

だが、フェンリルの双眸《そうぼう》がぞっとするほど冷たい光を発していたことに僕は気づいてしまった。

その双眸《そうぼう》に、自分の前提が大きく間違っていたことを悟る。

オーガはどうかわからないが、フェンリルにたいして同士討ちは最大の悪手だったと。

もし、僕がオーガとフェンリルを同士討ちさせたとしても、フェンリルに動揺《どうよう》は一切ないだろう。

それどころか、オーガもろとも僕を殺そうとするに違いない。

気づけば、僕の背中は冷たい汗で濡《ぬ》れていた。

目論見が外れたことで、僕の顔から血の気が引いていく。

オーガ二体はすぐそこまで迫っている。

今から打開策を考えている暇なんてない。

「……あれ、をするしかないか」

ようやく僕は決断した。

最悪の方法を取ることを。

今はもう、それ以外に取れる手段はない。

あと数歩のところまで駆け寄ってきたオーガを見て、僕は決意を固める。

「F・i────i！」

目前にまで迫ったオーガが、ちょうど僕がフェンリルの攻撃を避《さ》け動きが止まったタイミングで攻撃を仕掛けてきた。

大剣を振り上げ、僕へと迫る。

だが、オーガの動きに合わせようと短剣を構えたとき、僕は迷ってしまった。

今から自分が取る方法が、はたしてフェンリルに通じるのかどうかと。


「がっ！」


──そして、その一瞬の迷いが、僕にミスをもたらす。

まずい、僕がそう思ったときには遅かった。

オーガの大剣を受け損ね、僕の手から短剣が弾かれる。

傾きかけた日を反射しながら、短剣はやけにゆっくりと飛んでいく。

反射的に手を伸ばすが、届くわけがなかった。

甲高い音を立て地面に弾かれた短剣は、もはやどうやっても僕が回収できない所へと落ちていた。

呆然《ぼうぜん》とする僕に、もう一体のオーガが短剣を振りかぶっていた。

「シネ」

オーガの口元がゆがみ、僕の身体へと短剣が迫る。

短剣が迫る中、なぜかオーガの肩口からナルセーナの姿がはっきりと見えた。

はるか遠くにいるナルセーナと目が合う。

ここからでもわかるほど、ナルセーナの顔がゆがんでいた。

——おにい、さん？

この距離では聞こえるはずのない、ナルセーナの言葉が脳内に響く。

それに応えようと口を開こうとして……。

僕の口から声が発せられる前に、僕の肩口をオーガの短剣が深々と切り裂いていた。

次の瞬間、僕の目の前は血飛沫《ちしぶき》で真っ赤に染まった……。

ノベルス

パーティーから追放《ついほう》されたその治癒師《ちゆし》、実《じつ》は最強《さいきょう》につき③

2020年2月2日　第1刷発行
2024年9月19日　第2刷発行

著　者　影茸《かげきのこ》

発行者　島野浩二

発行所　株式会社双葉社

〒162-8540　東京都新宿区東五軒町3番28号
［電話］03-5261-4818（営業）　03-5261-4851（編集）
https://www.futabasha.co.jp/（双葉社の書籍・コミック・ムックが買えます）

印刷・製本所　三晃印刷株式会社

［電話］03-5261-4822（製作部）
ISBN 978-4-575-24246-1 C0093

Mノベルス

社畜として過労死した男が、異世界の商家の三男・サワディとして転生した。得意としているのは再生魔法と支援魔法。彼はそのチートな性能の魔法を使った新たな商売の種を思いつく。再生魔法で安い奴隷たちを治療して、お金を稼いでもらうことにしたのだ。順調に稼ぎは増えていくが、自業自得で自分の仕事も増えていってしまい……。果たして、サワディは働かずに、のんびり暮らすことができるようになるのか？ ゆるふわファンタジー、ここに開幕！

発行・株式会社　双葉社

Mノベルス

ゲーム知識で最強に成ったモブ兵士は、真の実力を隠したい

岸本和葉
ill.星らすく

門兵として働く、しがないモブ兵士――実は最強の兵士だった!? ある日、シルヴァは生前ドはまりしていたゲーム内のモブ兵士へ転生したことに気づく。危険な世界で身を守るために、ゲーム知識を使って最強に至るも、シナリオを乱さないために真の実力を隠していた。しかし、ひょんなことから勇者でも苦戦する強大な魔族を、あっさりと斬り倒してしまう。しかも、推しヒロインの目の前で……。それを機に彼の実力は次第に知れ渡ってしまい――!? 推しのために、最強のモブ兵士が実力を発揮するヒロイックファンタジー!

発行・株式会社　双葉社

スキル〈異世界渡航〉を駆使して、悠々自適なお金持ちスローライフを送ります
ISEKAI
異世界商人《いせかいしょうにん》
SHONIN
著 青葉
author:AOBA
[イラスト]キッカイキ
俺だけが使える、ユニークスキル〈異世界渡航（ムーンゲート）〉を使って、お金持ちスローライフを目指す――！ 異世界に転生した主人公「アレン」は、ある日自分だけが使えるユニークスキル〈異世界渡航（ムーンゲート）〉が宿っていることに気づく。その力を使って、アレンは日本と異世界を行き来して、娯楽に飢える異世界人や転移者・転生者を相手に、様々なのものを売って儲けていく。そのうちに、大企業のご令嬢や異世界の王国の王女様と知り合いになったり、エルフの奴隷を手に入れたりと異世界を満喫していく……!!

発行・株式会社 双葉社